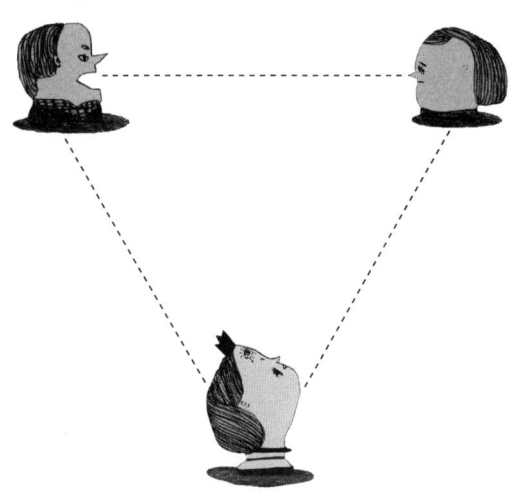

괴담

두 번째 아이는 사라진다

방미진 소설

문학동네

차 례

1부

인물들

두 명의 여자아이

여자아이 하나가 언덕을 오르고 있다. 5월 아침 특유의 차갑고 순결한 바람이 아이의 볼을 스친다. 전체적으로 평범한 인상에 반해 눈빛이 유난히 맑다. 너무 맑은 눈빛은 순도 높은 믿음을 가진 순교자를 떠오르게 한다. 그리고 광신도를 연상시키기도 한다.

'언덕'이라고 표현했지만, 아이가 오르고 있는 길은 어디에나 있는 회백색 콘크리트 길이다. 찻길에서부터 학교로 이어지는 이 넓은 길은 산비탈을 깎아 만들었다. 산 쪽으로 난 길이 흔히 그렇듯 이 길 역시 처음에는 완만한 경사를 이루며 넓게 굽이치다가 어느 지점에 이르러 급격히 경사가 가팔라지면서 좁아진다.

여자아이는 급경사 앞에 이르러 숨을 골랐다. 그러다 이내 겁에 질린 얼굴로 주위를 둘러본다. 순식간에 서늘한 정적이 여자아이를 둘러싼다. 어둑할 정도로 이른 시간, 주위엔 아무도 없다. 이렇게 이른 시간에 학교로 향한 적은 없었다. 그리고 오늘이 지나면, 이 아침이 지나면, 이 불길한 시간에 학교에 올 일은 이제 없을 것이다.

와 있을까?

여자아이는 다시 천천히 걸으며 어제의 약속을 떠올렸다.

—내일 그곳에서.

내가 무슨 짓을 한 거지?

얼굴에 후회의 빛이 어린다. 상대가 정말 약속을 지킬까 봐 두렵다. 하지만 약속이 지켜지기를, 그래서 이 고통이 끝나기를 간절히 바라기도 했다. 여자아이는 마음을 다잡듯 가방을 고쳐 멘다.

돌이킬 수 없다.

순간, 여자아이가 소스라치게 놀라 얼어붙는다. 등 뒤에서 사람의 기척이 느껴진다.

타박타박.

천천히 다가온다. 여자아이는 걸음을 멈춘다.

타박타박 탁. 탁 탁 탁 탁…….

멈칫하긴 했지만 그냥 지나쳐 걸어간다. 여자아이가 가만히 고개를 든다. 이어폰을 낀 남자아이가 등을 보이며 걸어가고 있다.

그 애가 아니다.

여자아이는 긴장을 풀며 작게 숨을 내쉰다.

여자아이의 얼굴은 밤을 새운 사람처럼 핏기라곤 없다. 앞머리는 식은땀으로 이마에 찰싹 달라붙어 있다.

여자아이는 입을 힘주어 다문 다음, 오른다고밖에 표현할 수 없는 가파른 길을 걷기 시작했다. 가슴팍에 단단하게 박힌 이름표에는 '서인주'라는 이름이 희미하게 새겨져 있다.

서인주.

교복 위에 껴입은 카디건과 등에 멘 묵직한 책가방, 손에 든 보조 가방까지 미련한 인상을 풍긴다. 굳이 따지자면 못생긴 축에 들겠지만, 어디에나 있는 평범한 아이라는 느낌이 더 강하다.

하지만 언덕을 오르고 있는 이 순간, 결코 평범하다고는 할 수 없는 묘한 분위기가 서인주를 둘러싸고 있다. 시시각각으로 눈빛이 변한다. 뭔가를 골똘히 생각하는 듯 어둡게 잠겨 있던 눈빛은 순식간에 살기로 뒤덮이고, 살기는 다시 결벽증에 가까운 자기혐오로 바뀌어 나간다. 서인주는 불안하게 흔들리는 눈을 들어 길 끝에 초점을 맞춘다. 자신을 지탱하기 위해 필사적으로 목표라는 것을 만들고 그것에 매달리는 사람처럼.

목표 지점.

사실 이 길은 매일 등교하는 아이들에게 일종의 목표점 같은 역할을 하고 있다.

학교로 가는 길은 세 부분으로 나뉜다. 정류장에서부터 십 분 정도 거리의 오르막인 '언덕', 길지는 않지만 경사가 가팔라 가장 힘든 '절벽', 그리고 학교까지 이어지는 완만한 '내리막'.

아이들이 '절벽'이라고 부르는 이 길은 아래에서 올려다본 길 끝이 하늘과 맞닿아 있다. 그 정점에 올라서면 완만한 내리막이 나오면서 학교가 보인다.

많은 학생들이 극기 훈련에 가까운 이 등굣길에, 그 정점을 목표 지점으로 삼아 오르고 있다.

그 길을 올려다보는 서인주의 얼굴이 일그러진다. 이 길이 꼭대기 위에서 끝날 것 같은, '절벽'이라는 이름에 걸맞은 낭떠러지가 준비되어 있을 것 같은 기이한 느낌에 휩싸여 벗어날 수가 없다. 그럼에도 그 길만이 구원인 양 서인주는 꼭대기에서 눈을 떼지 못한다.

"저기까지. 그래, 저기까지만."

그때, 서인주의 눈에 검은 구두가 들어왔다. 어디서 솟아나기라도 한 것처럼 여자아이 하나가 꼭대기에 서 있다. 길가 수풀 속에 숨듯이 기다리고 있던 여자아이가 마중하듯 길로 나와 선 것이다.

와 있었구나. 결국, 왔구나.

서인주는 묵묵히 꼭대기를 향해 걷는다. 꼭대기에서 자신을 기다리고 있는 검은 구두와 하얀 다리만 응시한 채.

꼭대기에 오르자 산으로 둘러싸인 학교가 눈앞에 펼쳐진다. 오랜 전통을 자랑하는 이 학교의 건물은 낡은 부분을 보수하면서 군데군데 세련된 디자인을 섞어 넣어 어딘가 어정쩡하다.

꼭대기에서 만난 두 아이는 형식적인 인사조차도 없이 묵묵히 걸었다. 교문을 지나 학교 현관에 다다른 뒤에도 멈추지 않았다. 둘은 현관을 지나쳐 학교 뒤뜰로 향했다. 산과 맞닿은 뒤뜰에서 둘은, 산으로 난 좁은 돌계단을 올랐다.

A girl

막 등교한 아이들이 시멘트 바닥의 복도를 뛰어다니며 떠들어 대고 있다.

이러저리 섞여 떠드는 아이들은 얼핏 보면 누가 누군지 구분이 가지 않을 정도로 똑같아 보인다. 자세히 들여다보아야 천차만별의 인간이 뒤섞여 있음을 알 수 있다. 어린애 티를 벗지 못한 아이, 여인처럼 성숙한 여자아이, 선생님과 구분이 가지 않을 정도로 중후한 느낌의 남자아이. 도저히 같은 또래라고 보기 힘든 아이들이 뒤섞여 시침을 뗀 얼굴로 헤헤거리고 있다. 남색과 흰색으로 이루어진 단조로운 교복이 학생이라는 이름으로 그 혼란스러운 무리를 묶고 있지만, 그건 언제 닳아 없어질지 모르는 얇은 재질의 천 조각일 뿐이다.

그 무리들 사이를 유독 눈에 띄는 여자아이 하나가 걷고 있다. 소녀와 여인이 뒤섞인 묘한 분위기다. 얼굴은 조그맣고 이목구비는 서양 인형처럼 또렷하고 입체적이다. 큰 눈과 대조적으로 작은 입술 때문에 앳된 느낌이 든다. 그에 반해 시원하게 뻗은 팔다리와 발육이 좋은 몸은 여성스러움을 넘어 육감적이다. 옆 가르마를 타 얼굴 위로 드리운 긴 생머리는 도도하고 세련된 느낌을 준다. 어쨌든 예쁘다는 말이 절로 나올 정도의 상당한 미모다.

하지만 지금 여자아이는 어딘가 기괴해 보인다. 평소와 달리 얼굴이 무방비로 흐트러져 있다. 겁에 질린 것 같기도 하고 야릇한 웃음을 띤 것 같기도 한 묘한 표정이다.

하지만 아이들이 북적이는 복도를 걸어가는 동안 흥분은 급속도로 가라앉는다. 남의 시선을 의식하는 일이 몸에 배어 있어, 자신도 모르는 사이 평소의 표정으로 돌아가는 것이다. 무대 위를 걸어가는 모델이 그렇듯 여자아이 역시 수많은 시선들 사이를 걸어가는 자신의 아름다운 움직임에 집중하느라 좀 전의 흥분 따위는 까맣게 잊고 있다.

여자아이가 이동하는 방향을 따라 공기가 달라진다. 왁자한 소란이 소곤거림으로 바뀌고, 자유롭던 아이들의 움직임은 어색해진다. 여자아이의 외모 따윈 관심 없다는 듯 무심한 척하는 부류도 있지만, 그들 역시 여자아이를 의식하고 있기는 마찬가지다.

더군다나 이 아름다운 아이는 자신이 어느 정도의 존재감을 가지고 있는지 정확히 알고 있다. 그 자신감에서 뿜어져 나오는 기운이 사람을 더욱 끌어당긴다.

"언니, 너무 예뻐요!"

일 학년생 중, 누군가 꽥 소리를 지른다. 새된 목소리.

나도 알아.

여자아이가 놀란 척 돌아보자, 목소리만큼이나 못생긴 여자아이가 꽥꽥대고 있다. 그 주변을 꼭 그만큼 못생긴 여자아이들이 우르르 둘러싸고 있다. 모여 있으니 못생긴 외모가 더욱 부각된다.

왜 몰려 있는 거야? 웃기려고 작정이라도 한 거야?

여자아이는 깔깔 웃음을 터뜨리고 싶지만, 싱긋 웃고는 돌아선다.

다시 표정을 가다듬고 자신이 걸어갈 복도를 똑바로 바라본다. 끝없이 뻗어 있는 무대처럼 느껴진다.

조명이 켜지고, 무대에 막이 오른다.

매끄러운 바닥 위로, 리드미컬한 걸음 소리가 울려 퍼진다.

트리플

"아 씨, 이러다 지각하는 거 아냐?"

"아냐. 아직 조금 여유 있어."

등교 시간을 십 분 정도 남겨 놓은 시간, 아이들이 '언덕'을 오르며 너 나 할 것 없이 엄살을 부리고 있다. 이 아슬아슬한 시간에 등교하는 아이들은 거의 정해져 있는데, 보영과 보영의 단짝인 미래도 고정 멤버. 둘은 아침마다 등굣길의 하이라이트인 '절벽'이 시작되는 지점에 이르면 늘어놓는 불평을, 오늘도 되풀이한다.

"아, 땀 나."

"시발. 학교를 왜 이딴 데 지어 놓은 거야."

"이 산이 이사장 거잖아. 그리고 이 동네 땅값이 비싸잖아."

"아침마다 무슨 등산하는 것도 아니고."

"왜, 그래도 정상에 오르는 쾌감이 있잖아."

보영이 특유의 맹한 표정으로 진지하게 말하면, 미래가 투덜거리며 가볍게 받아친다.

"정상은 개뿔. 내리막도 좆나 길어."

"언덕, 절벽, 내리막……."

언제부터 등굣길을 그렇게 부르기 시작한 걸까?

보영이 회백색 아스팔트 길을 바라보며 뜬금없이 생각에 잠긴다. 미래가 그런 보영을 툭, 친다.

"멍 좀 때리지 마."

"헤. 내가 또 그랬나? 근데, 이 길 좀 이상한 것 같아."

"완전 이상하지. 등굣길이 철인 삼종 경기야, 뭐야. 앞에 가는 저것들 다리 좀 봐라. 완전 경륜 선수들이다."

"아하하. 맞아, 맞아. 울 학교 여자아이들 다리 진짜 두껍다니까."

투덜거리고는 있지만 조그만 백팩을 멘 채 깔깔거리는 둘의 뒷모습이 가볍다. 그 둘 옆에 오토바이 한 대가 멈춰 선다.

"야, 너 너무 일찍 다니는 거 아니야?"

미래가 오토바이를 향해 말한다.

"와아, 세바스찬이다."

보영은 손뼉까지 치며 좋아한다. 매일 만나는 사이면서도 보영은 치한을 볼 때마다 새삼 감탄한다.

치한은 이 학교에선 꽤 유명한 아이다. 누가 봐도 부잣집 도련님 같아 보이는 데다 실제로도 그렇다. 게다가 타고 있는 오토바이만큼 비주얼도 좋다. 갸름한 얼굴형에 살짝 쌍꺼풀진 눈과 적당한 높이의 코, 또한 적당한 두께의 입술이 깨끗하게 생겼다는 느낌을 준다. 헬멧을 벗으면 드러나는 짧은 곱슬머리는 외국인처럼 컬이 진, 완전한 곱슬머리에 다갈색이다. 이따금 혼혈이라는 오해를 받기도 하는데, 치한은 기분 나빠하기는커녕 오히려 즐기는 쪽이다.

보영은 치한을 볼 때마다 뉴욕의 고급 주택가에서 야구를 하다 뛰어나온 소년 같다고 생각한다. 뉴욕에서 야구를 하는 소년을 실제로 본 적은 없지만.

"세바스찬, 밥 먹었어?"

보영이 치한의 팔을 잡고 흔든다. 보영은 꼭 치한을 세바스찬이라는 세례명으로 부른다. 치한처럼 특별한 아이에겐 그 이름이 더 어울린다고 여기기 때문이다.

"응. 나오는데 마미가 쫓아 나와서 샌드위치 줬어. 거지같이 길에서 먹었어. 짜증 나."

"어머, 어떡해."

보영이 진지하게 걱정을 하고, 미래가 화제를 돌린다.

"캐리 오늘 숍 데려간댔지? 같이 갈까?"

"아니. 마미가 데려간댔어."

마미는 치한의 엄마고, 캐리는 치한이 키우는 개다. 치한은 능글능글한 표정으로 짧은 영어를 즐겨 쓴다.

치한은 어린 시절 미국에서 산 적이 있다. 하지만 마미나 캐리 같은 호칭은 그것과는 별 상관이 없다. 미국에서 살았다고는 하지만 다섯 살까지였고, 영어 회화 실력도 그저 그렇다. 그냥 재미로 그러는 것뿐이다.

아이들은 치한이 쓰는 세바스찬이라든가, 마미, 캐리 같은 호칭을 대놓고 재수 없어 하지만, 본인은 오히려 그런 것까지도 즐긴다. 튀는 걸 좋아하는 아이들은 대개 인기를 얻으려고 노력하지만, 치한은 인기보다는 튀는 것 자체를 즐기는 쪽이다. 그래서 이 미소년은 팬에 비해 안티가 절대적으로 많다.

"그래? 암튼, 캐리 그 개새끼한테 담에 나 보면 처맞을 줄 알라고 전해."

"으하하하하하! 캐리 개새끼. 아하하하!"

미래가 전에 캐리에게 긁힌 팔을 내보이며 말하자, 치한이 굉장히 재미있는 농담이라도 들은 것처럼 자지러지게 웃어 댄다.

"야, 지금 이러고 있을 때가 아니야. 나 좀 태워 주라."

미래가 오토바이를 잡으며 말하자, 치한이 냉큼 보영에게 말한다.

"보영, 타."

그 말에 보영이 미래를 살핀다. 눈치를 본다기보다는 그저 해
맑은 표정이다. 치한이 미래를 향해 혀를 내밀며 약 올린다. 미래
는 보영을 향해 타라는 뜻으로 까딱, 고갯짓을 한다.

"헤~."

보영이 오토바이 뒤에 올라타 치한의 허리를 잡자, 여자아이
몇이 꺅꺅대며 소리를 지른다. 쑥덕이는 소리도 들려온다. 재수
없어. 사이코. 사이코들.

사이코들.

치한, 미래, 보영. 이 셋을 보는 아이들의 눈은 곱지 않다. 이 셋
은 그냥 친구가 아니다. 서로 사귀는 사이다. 남자 하나와 여자
둘. 커플이 아닌 트리플.

보영은 남들이 어떻게 보든, 그저 오토바이에 올라 행복감에
젖어 있다. 보영이 치한의 등에 뺨을 갖다 댄다. 교복 천 사이로
체온이 느껴진다. 아무렇지 않은 척 보영을 보고 있는 미래의 표
정이 미세하게 일그러진다.

불쌍해. 순간, 누군가의 말이 미래의 귀를 파고든다. 미래가 매
서운 눈으로 주위를 획, 돌아본다.

"시발. 뭘 봐? 좆나 시시한 니네 인생이나 처살아."

미래의 말에 치한이 또 자지러지게 웃으며 시동을 건다. 달리
는 오토바이 위에서 보영은 치한을 꽉 끌어안는다.

"야! 더 달려!"

뒤에서 미래가 소리치며 손을 흔든다. 보영이 미래를 돌아보며 웃는다. '내리막'이 시작되는 꼭대기에서 오토바이가 텅 하고 날아오르듯 달려 나간다.

"꺅!"

보영이 비명을 지르며 치한을 더욱 꽉 끌어안는다.

"숨 막혀."

치한이 말한다.

"싫어?"

"아니. 좋아."

보영이 그러안은 팔에 더욱 힘을 준다. 치한의 청량한 웃음소리가 바람 속으로 흩어진다.

영원히 이렇게 살았으면 좋겠어. 우리 셋이 영원히 이렇게 행복하길.

보영은 진심으로 기도한다.

이인자

"나 오늘 치한이랑 바이크 타고 왔다!"

보영은 교실로 들어서자마자 호들갑을 떨며 연두 자리로 쫓아간다. 연두의 짝인 지연이 그런 보영을 빤히 본다. 사람을 불편하게 만드는 시선이다.

지연은 고양이 같다. 뼈대 자체가 가느다란, 가녀린 몸이지만 강단이 배어 있다. 무표정하게 굳어 있는 하얀 얼굴엔, 언제 깨질지 모를 예민함이 서려 있어 보는 사람을 긴장시킨다.

얼음 공주.

만약 이 교실에 연두가 없었다면 그렇게 불렸을지도 모르겠다. 미인이라고까지 할 수는 없지만, 도도하고 차가운 분위기에 제법 예쁜 얼굴이다. 하지만 연두의 화려한 외모는 주변의 모든 아이들을 평범하게 만들어 버린다.

"너 얼마 전에도 걔 오토바이 타고 왔잖아."

연두가 무심하게 대꾸한다.

"아이참, 한참 전이지 그건. 치한 바이크 안 갖고 다녔잖아. 셋이서 같이 탈 수 없으니까. 내가 저번 달 마지막 토요일에 탔으니까……."

손가락을 꼽아 가며 날짜를 세는 보영을 보며, 연두는 얼굴을 찡그린다.

멍청하게.

보영은 좋게 얘기하면 순수하고, 나쁘게 말하면 맹한 아이다. 친구들 사이에선 사차원이라 불린다.

3월, 같은 반이 된 첫날부터 보영은 연두 주변을 맴돌았다. 연예인을 쫓아다니는 수줍음 많은 팬처럼. 그런 보영에게 연두가 먼저 손을 내밀었다.

연두는 보영 같은 아이들에게 익숙했다. 학년이 바뀔 때마다 그런 아이는 있었다. 자신에게 동경을 가지고 주변을 맴도는 여자아이. 예쁜 여자를 좋아하는 여자아이.

연두는 그런 아이들을 이해하지 못했다. 보통 여자아이라면 자신보다 더 예쁜 여자는 싫을 텐데 말이다. 그것도 같은 나이의, 같은 반 친구라면 더욱. 그 애들이 갖는 감정은 친구에게 느끼는

호감이나 애정과는 다르다. 그렇다고 동성애도 아니다. 멋진 대
상에 대한 단순한 동경과도 거리가 있다. 그건 어딘가, 병적이다.

연두는 그런 보영이 짜증스러웠지만 한편으로는 편하기도 했
다. 연두가 함부로 굴어도 잘 받아 주고, 그러다 틀어져도 마음
이 약해서 조금만 여우 짓을 하면 금세 풀어진다.

연두처럼 영리한 아이에게 맹한 보영은 다루기 쉬운 애완동물
이나 다름없다.

"아, 맞다! 너네 그 얘기 들었어?"

보영이 활짝 웃으며 말을 이었다.

"뒷산 연못 있잖아, 거기……."

돌연 연두와 지연의 얼굴이 하얗게 굳는다. 하지만 연두는 순
식간에 긴장을 털고 평소의 얼굴로 돌아온다. 이 아이는 머리 회
전이 빠른 만큼 감정을 숨기는 것에 능하다. 연두가 아무렇지 않
게 입을 연다.

"거기 괴담 말이야?"

"어. 알고 있었어?"

보영의 얼굴이 금세 실망으로 가득 찬다.

"거기서 형제가 사진 찍으면 둘째가 사라진다는 거?"

"아니, 비슷하긴 한데 그거 아니야."

"아니라고?"

보영이 다시 활짝 핀 얼굴로 말한다.

"연못 위에서 첫 번째 아이와 두 번째 아이가 사진이 찍히면 두 번째 아이가 사라진다."

연두의 얼굴이 묘하게 일그러진다. 보영이 괴담을 말하는 순간, 연두는 알 수 없는 기분에 사로잡혔다. 자신이 알고 있는 괴담과 조금 달라서는 아니다. 다르다고 해 봤자, 그게 그거인 시시한 얘기일 뿐이다.

그럼, 뭐지? 이 이상한 기분은?

"너 그 얘기 누구한테 들었어?"

지연이 낮게 소리쳤다.

"누구한테 들었냐니까!"

갑작스러운 반응에 놀란 보영이 겨우 입을 뗀다.

"미래."

"미래는? 미래는 누구한테 들었어?"

"내가 그걸 어떻게 알아?"

부당하다고 느낀 보영이 반격하듯 말을 내뱉었다.

"그런 얘기 다 뻔한 거 아니야? 친구의 친구의 친구. 다 그런 식이잖아. 누구한테 들었으면 어쩔 건데?"

지연은 대꾸 없이 고개를 팩 돌리고는, 신경질적으로 책상 정리를 한다. 몇몇 아이들이 호기심 어린 눈으로 힐끔거린다.

지연은 책상 정리를 하다 말고 벌떡 일어나 교실을 나간다.

"쟤 왜 저래?"

보영은 어이가 없다. 싸운 것도 아니고 기분 상할 만한 말을 한 것도 아니다. 보영은 억울한 표정으로 연두를 보았다.

"너, 쟤랑 왜 같이 다녀?"

사실, 연두와 지연은 겉으로 보기에는 같이 다니는 게 전혀 이상하지 않다. 오히려 당연해 보인다. 짝인 데다, 같이 성악을 하고 있으니까. 그럼에도 보영은 늘 뭔가 껄끄럽다고 느끼고 있었다.

글쎄, 왜 같이 다니는 걸까?

연두는 가만히 고개를 기울였다. 결 고운 머리카락들이 차르륵 펼쳐진다. 보영은 자기가 질문한 것도 잊은 채, 멍하니 머리카락 한 올 한 올에 시선을 맞춘다.

연두의 머릿속에 얼굴 하나가 떠오른다. 지연과 연두 사이에 있는 한 아이의 얼굴이. 순간, 벌컥 교실 문이 열리고 얼굴이 빨간 여자아이가 소리쳤다.

"서인주가 죽었대!"

"서인주가 누구야?"

"3반의 서인주."

"왜 있잖아, 노래 잘하는 애. 합창부."

"아, 그 애."

"그게 누군데?"

"아, 누구든 간에."

"왜 죽었어?"

"자살했대."

"언제?"

"오늘 아침에. 그것도 연못에서."

"어머. 웬일이야!"

"그래서 담임이 안 들어오고 있구나."

"어쩐지, 오늘 지각 안 잡더라고."

교실이 순식간에 달아오른다. 안타까움과 탄식이 넘치지만 그것들이 내뿜는 흥분은 즐거움에 가깝다. 그 혼란 속에서 보영이 울음을 터뜨린다.

"어떡해……."

왜 우는 거지?

서인주는 보영의 친구가 아니다. 복도를 지나며 이따금 마주쳐도 인사를 나누지 않을 정도로 아무 사이도 아니다. 보영이 아는 건 서인주의 이름과 얼굴이 다다.

연두는 자신을 끌어안고 우는 보영이 새삼 신기하면서도 짜증스럽게 느껴졌다. 하지만 보영의 등을 토닥이며 슬픈 척한다. 아이들이 보고 있으니까. 연두와 지연, 서인주는 같은 합창부고 늘 붙어 다녔다. 연두에게 이목이 집중될 수밖에 없다.

"시끄러워 죽겠네."

누군가 신경질적으로 책상을 내리쳤다. 조세희다. 연두는 조세희를 노려봤다. 아이들이 덩달아 조세희를 째려보며, 재수 없어, 같은 학교 친구가 죽었는데 어떻게 저럴 수 있어? 따위의 말을 내뱉는다.

"신경 쓰지 마. 쟤 원래 저렇잖아."

뒤에 앉은 아이가 연두에게 위로하듯 속삭인다. 하지만 연두는 조세희를 향해 시선을 고정시키고 있을 뿐이다. 눈을 깜박이지 않고 한참을 그러고 있으면 눈물이 나온다.

조세희는 인상을 잔뜩 쓴 채 문제집을 풀고 있다. 쉬는 시간에도 점심시간에도 공부를 한다.

그래 봤자 이인자.

이런 아이들은 교실마다 하나씩은 꼭 있다. 참 극성맞게 공부하는 타입. 열등감과 우월감 사이를 혼자 바쁘게 오가며 악을 쓴다. 하지만 끽해야 이삼 등이 최대치다.

책상을 향해 푹 숙인 몸, 신경질적으로 적어 대는 답, 치마 안에 입은 체육복 바지, 오렌지색 귀마개, 질끈 동여맨 머리. 나 공부하고 있어, 라고 온몸으로 선전하는 것 같다. 그래도 나름 멋을 부린 건지, 앞머리를 찌른 핀은 분홍색이고, 머리를 묶은 머리 끈은 고급스러운 색감의 보라색이다.

연두는 기름진 머리에는 어울리지 않는 명품 로고가 달린 보라색 머리 끈을 보다 킥, 소리를 내며 웃고 말았다. 보영이 움찔하며 고개를 든다. 그러다 연두의 뺨에 흘러내린 눈물을 보곤,

그 소리가 울음을 참는 소리라 생각하고, 더 크게 울며 연두를 끌어안는다.

연두는 민경훈에게로 시선을 옮겼다. 민경훈 역시 이런 상황에서도 이어폰을 끼고 문제집을 풀고 있다. 하지만 조세희와는 어딘가 다르다. 악착이 느껴지지 않는다. 집착이 없다.

일 등은 여유롭다. 머리가 좋아서일까? 요령을 알기 때문일까? 아니면 여유로운 척하는 게 몸에 밴 걸까?

이런저런 생각을 하고 있는데, 드르륵 교실 문이 열리고 지연이 들어온다. 시선이 일제히 지연에게 쏠린다. 화장실에서 세수를 하고 온 티가 역력하다. 지연은 굳은 얼굴로 자리에 와 앉는다.

"괜……찮아?"

보영은 지연이 인주 때문에 울었을 거라고 지레짐작하곤, 걱정스럽게 묻는다. 하지만 지연은 입을 다문 채 책상을 정리한다. 더 이상 정리할 거라곤 없는 완벽한 주변을 불필요하게 매만진다. 연두가 그런 지연을 가만히 본다.

얼음 공주

아이들이 웅성거리며 교실을 빠져나간다. 부서 활동이 있는 날이다. 지연도 악보를 챙겨 들고 교실을 나간다. 하지만 본능적으로 움직이고 있는 것에 가깝다. 너무 생각이 많아 지연은 아무것도 생각할 수가 없다.

비틀.

발을 헛디뎠다. 멍하니 자신이 딛고 선 계단을 바라본다.

정신 차려야 해.

한 계단. 한 계단. 지연은 중요한 시험이라도 치르듯 계단을 올라가는 일에만 정신을 집중한다.

누군가 팔을 잡아챈다.

"아!"

희미한 비명이 흘러나온다.

"왜 그렇게 놀라?"

연두다.

그래, 음악실에 항상 같이 다녔지.

너무 당황해 지연은 그 사실을 잊고 있었다.

"무슨 일 있어?"

연두가 묻는다. 지연은 고개를 저으며 웃는다. 아니, 웃으려 했지만 웃어지지 않았다. 창백하게 질린 지연의 얼굴을 살피며 다시 연두가 묻는다.

"너 혹시 인주 죽은 거 때문에 그래?"

지연이 대답 대신 희미하게 웃는다. 아니, 이번에도 웃어지지 않는다. 연두가 무심하게 말한다.

"걔, 진짜 왜 죽은 걸까?"

자살. 죽었대. 죽었대. 죽었대. 노래 가사처럼 반복되는 이야기들 속에서, 인주는 성적 혹은 입시에 대한 스트레스로 자살했다, 라고 결론지어졌다. 연못에서 건져 냈다는 시체를 볼 일도 없었고, 영화에서처럼 형사가 등장해 아이들에게 인주의 죽음에 대해 조사하고 다니지도 않았으며, 친구의 죽음을 애도하는 의식도 없었다. 인주의 죽음은 참으로 신속하게 처리되었다. 그리고 그 모든 건 너무도 당연하게 받아들여졌다.

학교를 축제처럼 만들고 있던 홍분도 저물어 가는 해를 따라 식어 가고 있었다. 인주의 죽음이 알려지고 정확히 반나절 만의 일이다.

"……모르겠어."

혼잣말하듯 지연이 말한다. 가느다란 미성이 파르르 떨려 나온다. 연두가 우뚝, 멈춰 선다.

"정말 몰라?"

연두의 말에 지연이 움찔하며 한 걸음 물러난다.

마침, 누군가 나오며 음악실 문이 열린다. 와자하게 떠들던 아이들이 동시에 연두와 지연을 본다. 무심결에 연두와 지연도 교실 안을 응시한다. 문을 사이에 두고 묘한 기운이 흐른다. 교실 안이 차갑게 식는다. 아이들은 너희는 이곳에 들어오지 마, 들어올 자격이 없어, 라고 무언으로 말하고 있다. 하지만 동시에 어서 들어오길 기다리고 있다. 연두와 지연이 열린 문 너머로 등장한 순간, 아이들은 또 다른 가십거리를 찾아낸 거다. 시들해진 서인주의 자살 소동을 대신해, 그들을 즐겁게 해 줄 거리를. 죄를 물을 희생양을.

이 학교는 예고가 아닌 일반 고등학교이고, 합창부 역시 취미 활동을 목적으로 만들어진 부서지만, 성악을 지망하는 학생이 꽤 있다. 그 이유는 합창부 담당 교사인 경민 때문이다. 그녀는 한때 촉망받는 인재였고, 성악을 전공하는 아이들 사이에서 알게 모르게 소문이 나 있었다.

그리고 경민이 유독 주시하는 아이들이 연두와 지연, 인주였다. 셋 다 소프라노 파트고, 성악을 전공하고 있어 수업 외에도 같이 연습해야 하는 일이 잦았다.

세 명의 여자아이, 그것도 서로 경쟁하는 세 아이가 모이면 흔히 그렇듯, 이들도 두 명이 하나를 따돌렸다. 연두와 지연이 은근히 서인주를 따돌려 온 것이다. 하지만 연두와 지연의 입장에선 억울한 일이었다. 둘은 같은 반에다 짝이다. 둘이 더 친하게 지내는 게 당연하다.

그런데도 아이들은 인주가 자살한 이유가 연두와 지연 때문이라고 억지를 부리고 싶은 거다. 그쪽이 더 재미있으니까.

시시한 것들. 입시 스트레스 때문에 자살한 것과 따돌림당해서 자살한 게 뭐가 그렇게 다른 거지? 고작 그 정도 상상력밖에 없는 거야?

연두는 보란 듯이 또박또박 걸어가 자리에 앉는다.

재미있다는 말은 그런 시시한 이야기에 사용하는 게 아니야.

연두는 도도하게 고개를 치켜들고 지연을 바라본다. 아이들의 시선이 일제히 지연에게 쏠린다. 지연은 누가 봐도 패닉 상태로 걸어 들어오고 있다.

"왜 저래?"

아이들이 웅성거린다. 지연의 행동으로 인해 아이들의 의심은 더욱 확고해진다. 서인주의 자살에는 지연의 책임이 있다고. 지연과 상관이 있다고.

덕분에 연두는 자연스레 비난의 눈길 속에서 풀려난다.

지연은 이 교실의 모두가 자신을 주시하고 있다는 걸 알았지만, 침착할 수 없다. 서인주가 죽었다는 사실만이 머릿속을 점령해 버려, 사고 회로가 마비된 것 같다. 지연은 이제껏 죽음 따위, 별것 아니라고 생각해 왔다. 심지어 언제라도 죽을 수 있다고까지 생각했다. 하지만 자신이 알고 있던 죽음이 얼마나 추상적이었는지를 깨달았다. 인주의 죽음이 너무나 생생하게 다가왔기 때문이다. 그건 불쾌할 정도로 축축했고 고통스러울 만큼 차가웠다. 그리고 점점 더 끈적하게 지연을 뒤덮어 왔다. 죽음이라는 현실이 지연에게 처음으로 공포로 다가온 것이다.

스토커

 지연이 아이들의 입방아에 오르는 동안, 학교에는 때 아닌 괴
담이 유행하기 시작했다.

 ─연못 위에서 일 등과 이 등이 사진을 찍으면 이 등이 사라진
다.

 언젠가 보영에게서 들은 것과 비슷한 괴담이었다. 연두는 이
괴담을 접할 때마다 뭔가 찜찜한 기분을 느꼈다.

 그도 그럴 것이 인주의 죽음은 자살이었다. 그런데 떠도는 이
야기는 연못에서 인주의 귀신이 나온다거나 하는 괴소문이 아니
라, 일 등과 이 등이 등장하는 괴담이다.

 연못은 연두가 다니는 학교 뒷산에 있고 그 뒷산은 한 대학교

의 교정이기도 했다. 같은 재단인 두 학교는 산의 앞뒤에 위치해 있다. 그래서 뒤쪽에 집이 있는 아이들은 대학교 교정에서 고등학교 후문으로 이어지는 길을 이용했다. 연두도 그 통학로를 이용하고 있다.

그런데 통학로 오른쪽에 난 좁은 샛길로 빠져 한참 내려오다 보면, 갑자기 시야가 확 트이면서 연못이 펼쳐진다. 원래 저수지였던 곳이 기능을 상실하면서 연못이 되었기 때문에 규모가 상당하다. 십 년 전쯤 학교에서는 연못 가득 백련을 심고, 관광을 할 수 있도록 연못 안쪽까지 전망대를 설치해 놓았다. 하지만 연못은 기대와 달리 인기가 없었다. 외진 곳이기도 했고, 어딘가 휑하고 으스스한 느낌도 들었다.

사람이 잘 찾지 않아서인지, 이상한 소문도 떠돌았다. 아침에 운동하러 나온 학생이 홀린 듯이 연못 쪽으로 뛰어가더니 갑자기 사라졌다든가, 무슨 과의 아무개가 자살한 장소가 그 연못이라든가, 실종된 여대생을 젊은 남자가 연못으로 떠미는 걸 누가 봤다든가, 청소하는 노인이 밤에 연못 앞을 지나다 물 위로 떠오른 시체의 머리를 봤다든가 하는 근거도 없고 증거도 없는, 다소 빤한 소문들 말이다.

그냥 평범한 연못이라도 연못이라는 것 자체로 음습한 느낌이 드는데, 오랜 기간 방치된 으스스한 연못이니 말 만들기 좋아하는 사람들이 소문을 넘어 괴담을 만들어 낸 건 당연한 일인지도 모르겠다. 하지만 그 내용은 엉성하기 짝이 없다.

연못 위에서 형제가 사진을 찍으면 둘째가 사라진다니.

연두가 그 연못에 관련된 괴담을 처음 들은 건 동생인 연지에게서였다.

"왜 하필 둘째일까?"

연지가 괴담을 들려주던 날 밤, 연두는 물었다. 연지는 어깨를 으쓱하더니 말했다.

"둘째, 두 번째라고 하면 왠지 억울한 느낌이 들잖아."

"그런가? 난 잘 모르겠는데. 두 번째인 적이 없어서. 늘 최고니까."

장난스럽게 말하고 깔깔거리는 연두를 연지가 빤히 봤다. 연두는 연지의 그런 면이 싫었다. 지나치게 진지하고 살벌하다.

연지가 정색하고 물었다.

"요즘 외동인 애들이 유난히 많은 것 같지 않아?"

"그거야 다들 아이를 적게 낳으니까. 많이 낳아야 둘이잖아. 우리처럼."

"잊어버려서 그렇게 믿는 건 아닐까?"

"잊어버리다니, 뭘?"

"사라진 애들을. 사라진 애들이 사람들 기억 속에서도 사라지니까. 원래부터 없었다고 믿는 거야."

연두는 정말 못 말리겠다는 듯 고개를 절레절레 저었다. 연지는 그 시시한 괴담을 정말 믿고 있다.

연년생인 자매는 누가 봐도 언니인 연두를 동생으로 본다. 더 어려 보여서라기보다는 더 귀엽고 싹싹하기 때문이다. 무뚝뚝하고 뚱한 표정의 연지는 아빠를 닮아 투박하게 생겼다.

"첫째는 듬직하고, 막내는 귀엽고, 둘째는 사이에 끼어서 삐딱하다더니."

연지가 입을 꾹 다물고 골을 낼 때마다, 엄마는 하소연하듯 연두에게 말하곤 했다. 그러고 보면 연지는 둘째면서 동시에 막내인데 도무지 막내다운 구석이라곤 없다.

"셋인 형제가 있다고 쳐. 처음엔 둘째가 셋째랑 사진을 찍는 거야. 그럼 둘 중에선 셋째가 둘째니까 셋째가 사라지지. 그다음엔 첫째가 남은 둘째랑 사진을 찍어. 그럼 또다시 둘째가 사라져. 누구든 둘째가 되면 사라지는 거지."

연지가 다시 바보 같은 말을 했다. 그러다 연두를 똑바로 쳐다보며 말했다.

"무섭지?"

진지한 표정에 연두는 섬뜩한 기분이 들었지만 곧 피식 웃음이 나왔다.

"너 바보냐? 내가 왜 무서워? 어떻게 해도 첫째는 남는 거 아냐. 내가 아니라 네가 무서워해야지. 그리고 둘째가 그 사실을 다 아는데, 미쳤다고 첫째랑 사진을 찍겠냐? 안 그래?"

"사라진 애들은 기억에서도 사라지니까 괴담 자체를 잊어버렸 나 보지."

"사라진 애를 아무도 기억하지 못하는데, 괴담이 어떻게 돌 아?"

연지는 똑떨어지는 연두의 말에 이불을 뒤집어쓰고 대꾸하지 않았다.

"야, 너 머리 나쁘지?"

연두는 연지의 머리 쪽을 툭툭 쳤다. 평소라면 짜증을 냈을 연 지가 잠자코 있었다.

—연못 위에서 형제가 사진을 찍으면 둘째가 사라진다.

—연못 위에서 일 등과 이 등이 사진을 찍으면 이 등이 사라진 다.

—연못 위에서 첫 번째 아이와 두 번째 아이가 사진이 찍히면 두 번째 아이가 사라진다.

얼핏 같아 보이지만 다른 괴담. 사람의 입으로 전해지는 건 변 하기 마련이다.

괴담 따위.

변하든 말든 자신과는 상관이 없다. 연두는 찜찜한 기분을 털 어 버리듯 현관 앞에 서서 구두를 탁탁 털었다. 그리고 구두를 신으면서 힐끗 학교 뒤편을 보았다. 인주가 죽은 날 이후로 뒤쪽으로는 통학하지 않고 있다.

괴담을 무서워하는 것도 아니고 집으로 가는 교통편도 뒤쪽이 더 나았지만, 괜히 아이들 입방아에 오르면서까지 그 길을 고집할 이유는 없다.

교문을 벗어나 완만한 오르막을 오른다. 아이들이 '내리막'이라고 부르는 이 길은 집에 갈 때는 등교할 때와는 달리 오르막이 된다. 그래도 이 길의 이름은 여전히 '내리막'이다. '내리막'을 오른다. 막 속도를 내려는데 꼭대기에서 뭔가 움직였다.

연두는 멈칫했다. 꼭대기, 아이들이 '절벽'이라고 부르는 부분에서 분명 뭔가가 움직였다. 얕은 산이긴 해도 산을 깎아 만든 길이라 길가 난간 너머로 수풀이 우거져 있다. 길을 따라 설치된 난간은 죽 이어지다가 꼭대기 부분에서 끊겨 있다. 난간 바깥쪽에 만든 돌계단과 통하도록 해 놓은 것이다. 따라서 꼭대기 부분에는 사람 하나가 드나들 만큼의 틈이 있다. 마치 산 안쪽으로 들어가는 입구처럼.

언뜻 사람 그림자가 수풀 사이로 보이는 것만 같다.

어떡하지? 왜 저기 숨어 있는 거지?

어둠이 짙어지고 있다. 음악실에서 연습을 하느라 늦어진 것이다.

뒤를 돌아본다. 아무도 없다.

다른 길로 갈까?

학교 뒤쪽으로 이어진 산길. 인주가 자살한 연못이 있는 곳. 하지만 다시 학교 쪽으로 돌아가 뒷길로 가기도 애매하다. 수풀 속에 숨어 있는 누군가가 따라오지 않으리란 보장도 없다. 정말 그러기라도 한다면 절벽만 넘어서 내달리면 정류장이 나오는 이 길보다, 산길 쪽이 더 위험할지 모른다. 식은땀이 흐른다. 여차하면 내달릴 기세로 '절벽' 쪽을 주시하는데, 누군가 등을 탁, 친다.

"야! A급."

하얗게 질린 얼굴로 돌아보니, 치한이 서 있다. 긴장이 확 풀어진다. 수풀 쪽을 보니, 그림자는 그새 사라지고 없다.

잘못 본 걸까?

"이제 스쿨 아웃 하는 거야?"

치한이 눈치도 없이 빙글거린다.

"넌 왜 이제 가? 여친들은 어쩌고?"

그러고 보니 치한이 다가오는 소리를 전혀 듣지 못했다. 그만큼 연두는 잔뜩 긴장하고 있었다.

"너 기다렸지."

치한은 좋아하는 여자아이한테나 할 법한 말을 아무렇지 않게 한다. 연두한테만 그러는 건 아니다. 본인은 버릇처럼 하는 말이지만 듣는 쪽은, 그러니까 당하는 쪽은 그렇지 않다. 괜히 설레는 것이다. 치한은 짧은 영어를 남발하고, 대놓고 느끼한 짓을 해도 느끼하지 않다. 얼굴 생김 자체가 담백한 이미지가 강해서인지도 모른다. 어쨌든 그것도 매력이라면 매력이다.

"웃기고 있네. 나 원래 이 길로 안 다니거든."

"뭐야? 그럼 나 때문에 오늘만 이 길로 온 거야? 너 나 좋아하냐? 혹시 나 기다린 거 아냐? 이 스토커!"

연두는 고개를 절레절레 흔들고 무시해 버린다.

연두는 '절벽'을 지나며, 수풀 쪽을 응시한다. 역시나 아무도 없다.

"너도 가질래?"

치한이 불쑥 손을 펼쳐 보인다. 길쭉한 손가락에 반지가 세 개나 끼워져 있다.

"하나 해."

세 개의 반지. 자연스럽게 보영과 미래가 떠오른다. 다른 사람도 아니고 보영의 친구인 연두에게 반지를 내밀다니. 만약 연두가 받는다면 그다음 날로 둘 중 하나와 헤어지고, 연두랑 사귄다고 소문을 내고 다닐 녀석이다.

"뭐야?"

연두가 불쾌한 표정으로 치한을 노려본다.

"싫음 말고."

치한은 미련도 없이 획 가 버린다.

"뭐 저런 게 다 있어."

아이들 입방아에 오르내리는 데에는 다 이유가 있다.

치한의 뒷모습을 보는 연두의 얼굴이 굳어 있다. 보영과 얽히는 건 달갑지 않지만, 치한이 싫은 건 아니다. 오히려 처음부터 호감을 가지고 있었다. 보영, 미래와 사귀기 전에 연두에게 사귀자고 했으면 허락했을지도 모른다. 치한에게 그런 진지함을 기대할 순 없지만.

"야, 같이 가!"

연두가 얼른 치한을 뒤쫓는다.

"왜 쫓아와? 이 스토커!"

치한이 뒤돌아보며 해맑게 웃는다. 순간, 연두의 표정이 흔들린다. 연두는 괜히 정색을 하며 맞받아친다.

"스토커 좋아하네. 정류장까지만 가면 너 같은 바람둥이랑은 영원히 안녕이거든."

"어, 나 바람둥인 거 어떻게 알았어? 스토커 맞네. 나 집착하는 여자 싫은데…… 흠, 그래도 뭐, A급이니까."

"죽을래? 그렇게 부르지 말랬지."

"왜에, A컵으로 오해받을까 봐?"

"어딜 봐! 이 변태 같은 게."

"아야! 내 몸에 손대지 마. 이 스토커야!"

둘은 툭탁이며 '언덕'을 내려간다. 둘이 나란히 있는 것만으로도 주변이 화사해지는 느낌이다.

길가 수풀이 흔들린다.

길에 올라온 그림자가 꼭대기에 서서 그들을 지켜보고 있다. 이어폰을 꽂은 남자아이다. 남자아이는 살기를 담아 치한의 뒤통수를 노려본다.

빵! 쏴 버리고 싶다. 재수 없는 자식. 노는 애들이 건드려 주면 좋겠는데, 손봐 주기는커녕 오히려 잘 지내고 있다. 서로 적당히 존중해 주면서 조심하는 눈치다.

남자아이의 소심한 얼굴이 질투로 일그러진다. 아랫입술이 비틀어지며 고르지 못한 치열이 드러난다.

서인주

현관에 연두가 나와 서자, 지연은 얼른 건물 옆으로 몸을 숨겼다. 뒤이어 탁탁, 구두 터는 소리가 들리고 연두가 특유의 자신감 넘치는 발걸음으로 멀어져 간다.

사실, 지연이 숨을 이유는 없다.

─아직 안 갔어?

─응. 엄마가 좀 늦으시네.

따위의 대화나 설명을 하는 게 귀찮았을 뿐이다. 그리고 보이고 싶지 않았다. 엄마를 기다리는 자신의 모습을.

엄마를 기다리고 있는 나는 어떤 표정일까, 지연은 현관 유리에 비친 자신의 모습을 물끄러미 보았다. 어두워서 어떤 표정인지 알 수 없다.

지연이 가느다란 등을 구부리고 길을 내다본다. 연두가 가던 걸음을 멈추고 갑자기 학교 쪽을 돌아본다. 지연은 흠칫 놀라며 현관 안으로 몸을 숨긴다. 얼굴을 알아볼 수 없을 만큼의 거리고, 연두가 다시 학교로 올 리 없다고 생각하면서도 지연은 도망치듯 자꾸만 건물 안으로 들어간다.

삐걱. 삐걱.

발에 느껴지는 이질적인 감각에 정신을 차리고 보니, 어느새 음악실로 이어진 4층 복도를 걷고 있다. 건물 대부분은 시멘트 바닥이지만, 일부 복도와 교실은 아직도 나무 바닥이다.

빠득.

'삐걱'이 아니다. 이 복도에선 언제나 '빠—득'에 가까운 소리를 내며 나뭇결이 비틀린다.

빠득 빠득 빠득.

지연은 이 소리를 싫어한다. 하지만 매 걸음마다 그 소리에 집요할 정도로 몰두해 있다. 지연은 모든 소리에 강박을 느낀다.

빠득빠득, 이라도 갈고 있는 것 같잖아. 억울해서.

지연이 입술을 비튼다.

서인주는 이 복도를 좋아했다. 휑하고 낡은 음악실도 좋아했다. 꽤나 촌스러운 아이였다. 툭 튀어나온 눈, 돌출된 입, 낮은 코, 우둘투둘한 피부, 지저분하게 곱슬거리는 머리카락, 어디 하나 예쁜 구석이 없었다. 연두와 지연은 인주의 외모를 얘기하며 키득거리곤 했다. 인주의 외모가 정말 우습게 느껴져서 그랬던 건 아니다. 일부러 그랬다. 상처 주고 싶어서.

지연은 음악실 문 앞에 우두커니 섰다. 음악실에는 문이 하나밖에 없다. 막다른 골목. 막다른 방. 지연은 문 위쪽에 달린 조그만 창 너머로 교실을 들여다봤다. 어둑한 교실 안에는 아무도 없다.

소음.

별 볼 일 없는 합창부에서 다 같이 부르는 합창은 이미 노래가 아니다. 각 파트의 화음이 모여 하나의 하모니가 아닌 불협화음을 만들어 내고 있다. 간간이 박자와 음을 놓치는 아이들을, 지연의 귀가 예민하게 잡아 낸다. 신경이 거슬리지만 참을 수밖에 없다. 음악 선생이 만든 이 곡은 보통 아이들에겐 지나치게 어려우니까. 어차피 이 애들은 모두 들러리에 불과하니까.

솔로 부분은 인주다. 합창 부분이 끝나고, 솔로 전 짧은 정적이 흐른다. 긴장된 공기가 확연히 느껴진다.

"아─름다운가."

인주가 소리를 내고 있다. 입을 열고, 목을 열고, 가슴을 열어 배 속 깊은 곳에 있는 호흡을 끌어 올려 소리를 낸다. 뼈 사이사이 흩어져 있던 호흡들을 어루만져 형태를 만들어 낸다.

—아—름다운가 파—랗게 흘, 어, 져, 가는, 나는 아—름다운
가—.

부드러움과 힘이 어우러진 목소리가 정적을 만들며 나아간다.

노래를 들으면서도 선명한 정적을 느낄 수 있는 건, 청중을 압
도해 나가는 힘이 뚜렷하기 때문이다.

공간을 장악한 인주의 목소리가 서서히 지연의 몸 안으로 스
며든다. 지연의 몸이 미세하게 떨리기 시작한다. 생각보다 앞서
몸이 반응하는 것. 세포 하나하나가 벅차올라 통제가 되지 않는
상태. 전율.

물속에 잠겨들듯, 발끝에서부터 울음이 차오른다. 울음은 명
치를 지나 목울대를 넘어 코끝까지 차오른다. 이대로라면 눈물이
란 걸 흘려 버릴 것만 같다. 하지만 그래선 안 된다. 인주의 노래
에 감동하고 있다는 사실을 인정할 수 없으니까. 그래서 지연은
인주의 노래에 있는 흠을, 트집거리를 찾으려 귀를 곤두세웠다.
틀렸어. 잘못된 음을 내고 있어. 그래. 지금 이 부분. 그렇게 온
힘을 다해 울음을 참았다.

"그만!"

갑자기 음악 선생이 노래를 끊었다.

그 순간, 참고 있던 눈물이 어이없이 흘렀다. 예기치 않은 상황
에, 지연을 지탱하고 있던 힘이 무방비하게 풀어져 버린 것이다.
그렇게 힘들게 참고 있었는데. 허무함과 함께 분노가 차올랐다.

무식해.

어떻게 끊어 버릴 수가 있지? 몸을 움직일 수도 없고, 숨 쉬는 것조차 조심스러운 상황인데.

팽팽하게 당겨진 채 울고 있던 바이올린 줄이, 서인주라는 악기의 줄이 탁, 끊어진 느낌이었다. 놀랍게도 지연을 휩싼 분노는 자신이 눈물을 흘리고 말았다는 것에 자존심이 상해서가 아니라, 온몸이 떨릴 정도로 아름다운 노래가 중단된 것에 대한 분노였다. 지연은 청중으로서 모욕을 당한 기분이었다.

지적할 부분이 있으면 중간에 노래를 끊고 수정하는 건 당연한 일이다. 그럼에도 지연은 심한 분노를 느꼈다.

몰입해 있던 인주 역시 뺨이라도 맞은 것 같은 표정으로 서 있었다. 악보를 든 인주의 손에 날카롭게 단면이 잘린 감정이 피를 뚝뚝 흘리며 들려 있는 것만 같았다.

"아—름, 여긴 좀 더 길게 끌었어야지."

길게, 덕지덕지 억지로 감정을 갖다 붙여서 무조건 길게.

"최대한 길게. 그래야 심사 위원들이 알 거 아냐. 보여 줄 수 있는 부분에서 최대한으로 보여 줘야지. 그리고 소리를 너무 개성적으로 내려고 하지 마. 튀는 건 감점 요인이니까. 평범하게. 높고 길게. 알았지? 한 번 더 가자."

한마디로 기계적으로.

인주의 솔로가 다시 시작되었다. 하지만 지연은 아까와 같은 전율은 느낄 수가 없었다. 계산된 감정과 훈련된 테크닉만이 존재하는 그저 그런 노래. 지연은 안도했다. 하지만 마음 한편엔 공허함이 자리를 잡았다.

―파랗게 흩어져 가는 나는 아름다운가.

나는 너보다 높은 점수를 받았어. 나는 절대음감을 가지고 있어. 나에게는 많은 기회가 열려 있어. 이탈리아? 넌 꿈꿀 수도 없었지. 하지만 난 언제든 갈 수 있어. 너에겐 이력을 쌓을 기회조차 주어지지 않았을 거야. 이 세계에서 너 같은 거, 절대 성공할 수 없었어…….

그럼에도 서인주는 울게 만들었다. 지연을 울게 만들었다.

용서할 수 없어.

볼에 차가운 기운이 느껴졌다. 지연은 무심결에 손을 들어 볼을 닦았다.

눈물? 내가 왜 눈물을 흘리고 있지?

생각에 잠겨 있던 지연은 당황하며 주위를 둘러보았다. 그새 더 어두워져 있었다. 지연은 계단 쪽으로 몸을 틀었다. 그때, 음악실 문에 달린 작은 창 너머로 무언가 지나갔다. 지연이 돌아보았다. 지연은 위험할 정도로 감각이 예민하다. 텅 빈 복도. 그 끝에 있는 음악실. 작은 창 너머로 보이는 조각난 교실 안은 짙은 어둠에 묻혀 있다. 음악실 안에 누군가 있다. 지연은 확신했다.

지연은 도망치듯 계단을 뛰어내려 왔다.

1층에 다다라서야 숨을 내쉰다. 지연은 현관을 향해 걸음을 내딛는다.

빠득.

지연이 멈춰 선다. 멍하니 딛고 선 바닥을 내려다본다. 천천히 뒤를 돌아본다. 음악실, 문이 보인다. 지연은 숨을 멈춘 채, 다시 몸을 틀어 달리기 시작한다. 점점 빠르게. 점점 더 빠르게.

빠득빠득빠득.

복도가 요란한 소리로 비틀리고, 그 박자에 맞춰 노랫소리가 들려온다.

―아―름다운가 파―랗게 흩, 어, 져, 가는, 나는 아―름다운 가―.

인주의 목소리다. 지연은 귀를 틀어막았다. 복도는 점점 더 어두워지고 점점 더 길어진다. 그리고 인주의 노랫소리는 점점 더 커져 간다. 육체를 잃음으로써 더 짙고 어두워진 인주의 목소리는, 복도를 꼭 저처럼 생기 없고 거친 흑백 화면으로 바꿔 나가고 있다. 그리고 그 복도에서 지연은, 화면 속에 갇힌 배우처럼 같은 프레임 속을 계속해 내달린다. 모든 것이 빨라지고 높아진다. 절정으로 치닫는 긴장감에 화면이 하얗게 터지기 직전,

엉뚱한 노랫소리가 끼어들었다.

"미 끼아마노 미미, 마 일 미오 노메 에 루치아(Mi chiamano

Mimi, ma il mio nome e Lucia)."

〈라보엠〉의 「내 이름은 미미」다.

헐떡거리던 지연이 고개를 번쩍 든다. 복도 끝, 꺼져 가는 빛이 현관으로 집요하게 파고들고 있다.

미미의 노래는 공간을 향해 빠르게 퍼져 나간다. 순간, 모든 것이 제자리를 찾아간다. 지연은 「내 이름은 미미」가 경쾌하게 흘러나오는 휴대폰을 뚫어져라 봤다. 감미로운 리릭소프라노의 노랫소리에 묻혀 귓속을 맴돌던 인주의 노래가 사라져 간다. 길어져 가던 복도가 현실감을 되찾는다.

엄마다.

지연은 전화를 받지 않은 채, 흘러나오는 노래를 따라 흥얼거리며 복도를 걷는다. 현관에 다다르자 노래가 멈춘다. 지연도 걸음을 멈춘다. 하지만 이번엔 돌아보지 않는다.

완벽한 엄마

탁.

성혜는 휴대폰을 던지듯 내려놓았다. 지연이 전화를 받지 않는다. 성혜는 운전대에 손을 올린 채, 몸에 힘을 주고 숨을 골랐다. 그 얘기를 전해 들었을 때 느꼈던 불쾌감이 새삼 되살아난다.

얼마 전, 연두 엄마에게서 전화가 걸려 왔다. 연두 엄마는 아이들이 참가한 콩쿠르에서 안면을 튼 후로 종종 연락을 해 왔다. 지연이 어떻게 하고 있나 염탐하려는 속셈인 게 뻔했다. 수준도 안되면서 허영만 가득 찬, 귀찮은 여자였다.

"지연 엄마도 들었죠? 서인주."

"서인주가 왜요?"

서인주란 이름에, 성혜는 자신의 목소리가 차갑게 식는 걸 느꼈다.

"어머, 몰랐어요? 서인주 죽은 거."

"……네?"

"지연이가 얘기 안 해요?"

그때부터 연두 엄마는 빙글빙글 말을 돌리며 신경을 긁었다.

서인주가 자살했다는 것도 충격이었지만, 지연이 그 사실을 말하지 않았다는 게 더 충격이었다.

그래도 성혜는 지연을 이해하려고 노력했다. 친구의 죽음에 충격을 받아서 그런 거라고, 정리가 되면 얘기할 거라고 여겼다. 하지만 지연은 아직까지도 그 이야기를 하지 않았다. 성혜는 딸에게 일종의 배신감마저 느끼고 있었다.

좋은 엄마였다.

어릴 때부터 재능을 발견해 키워 줄 수 있도록 최선을 다해 뒷받침해 주었다. 계산해 보면 엄청난 비용이겠지만, 부유한 친가와 외가 양쪽에서 계산하지 않아도 될 정도로 지원해 주고 있었다. 하지만 양쪽 집안에서 돈을 타 쓰는 일에는 반드시 굴욕이 뒤따랐다.

그 굴욕을 감수해 가며 발레, 승마, 스케이트, 피아노, 바이올린, 플루트, 첼로, 성악, 할 수 있는 한 모든 걸 가르쳤다. 하지만 그녀는 매번 쓴 패배감을 맛봐야만 했다. 지연은 무능한 아빠를 닮아서인지, 영재에 가까운 사촌들에 비해 어느 것 하나 특출 난 게 없었다. 그럼에도 지연 앞에서 실망한 기색을 보인 적은 없었다. 용기를 북돋워 주었고, 자신감을 키워 주려고 노력했다.

지연이 또래 아이들에 비해 월등한 실력을 갖추게 된 것도 성혜의 공이 컸다. 지연이 자랑하는 절대음감 또한 반은 성혜가 만들어 준 것이나 다름없다. 조기 교육 덕에 음감이 좋다는 걸 일찍 발견할 수 있었던 데다, 그 장점을 키워 주기 위해 극성맞을 만큼 지원을 아끼지 않았다. 집 안은 늘 클래식 음악으로 채워졌고, 온갖 공연을 보러 다녔으며 고가의 레슨은 기본이었다. 사실 클래식을 싫어하는 성혜에게 그건 거의 고문에 가까웠다.

그렇다고 그녀가 아이를 숨이 막힐 정도로 몰아붙이고 집착한 건 아니었다. 늘 지연의 의견을 물었고, 싫다는 걸 억지로 시킨 적도 없었다. 성혜는 좋은 엄마이자 멋진 엄마였다. 지연이 초등학생일 때 뛰어든 출판사 일도 잘 해내고 있었다. 가정도 일도 최선을 다했다.

바쁜 와중에도 오늘처럼 레슨이 있는 날이면, 지연을 직접 데리러 오는 걸 마다하지 않았다. 무엇이든 해 줄 준비가 되어 있고, 언제든 대화할 준비도 되어 있다.

그런데도 지연은 인주의 얘기를 하지 않았다. 이해하려 해도 화가 나는 건 어쩔 수가 없다. 그렇게 중요한 얘기를 다른 사람에게 듣게 하다니. 그것도 반반한 얼굴 하나에 모든 걸 거는 얄팍

한 여자에게서. 연두 엄마의 비웃는 목소리가 성혜는 생생하게 떠올랐다.

"지연이 엄마도 신경 좀 쓰셔야겠어요. 인주 일도 그렇고. 예민한 애들 일을 어떻게 알겠어요. 점수도 중요하지만 저는 애들하고 대화하는 데 더 신경 쓰거든요."

내가 왜 그따위 여자한테 훈계를 들어야 해.

성혜는 신경질적으로 다시 지연에게 전화를 걸었다.

남편 때문에 자식 때문에 자존심 상하는 일 지겹다.

그녀는 자신의 남편을 별 볼 일 없는 인간이라 여겼다. 물론 결혼할 당시의 조건은 훌륭했다. 알아주는 집안이었고, 유학파 출신에 외모도 괜찮았다. 하지만 그가 할 줄 아는 거라곤 시키는 대로 학교에 다니는 것밖에 없었다. 지겹게 박사 학위까지 따고 나선, 하는 일 없이 빈둥거렸다. 야망도, 패기도 없었다. 형제들이 치열하게 사업체를 나눠 가질 동안, 이리 붙었다 저리 붙었다 우유부단하게 굴다 결국 아무것도 꿰차지 못했다. 애초부터 사업할 인물이 못 됐다.

나이가 먹도록 이렇다 할 직업이 없으니, 집안에서도 골칫거리였다. 결국, 집안에서 작은 출판사를 하나 차려 주었다. 출판사 사장이라고 하면, 남들이 볼 때 그럴듯해 보인다는 이유에서였다. 일종의 명예직이었다.

집안에선 그냥 구색이나 맞추고, 명함에나 넣으라고 차려 준 거였지만, 그녀가 꽤 탄탄한 회사로 키워 놓았다. 남편은 그저 허허거리며 사장이랍시고 일주일에 한두 번 얼굴 비추는 게 다였다. 출판사가 어떻게 굴러가는지, 누구 때문에 버티고 있는지 궁금해하지도 않았다.

그럼에도 그녀는 모든 공을 남편에게 돌렸다. 무능한 남편을 만났다는 평은 참을 수 없었다.

성혜는 그동안 집안에서 당했던 모욕을 생각하면 지금도 이가 갈렸다. 시부모는 남편의 무능함을 그녀 탓으로 돌렸고, 배울 만큼 배웠다는 동서들은 상스럽게 그녀를 따돌렸다. 하나같이 천박하고 더러웠다. 그녀는 억울했다. 그 여자들만큼 배웠고, 그 여자들만큼의 조건도 갖췄다. 그녀의 결점이라곤 무능한 남편뿐이었지만 그건 그 세계에선 치명적인 결점이었고 실패를 의미했다. 그래서 그녀는 이를 악물 수밖에 없었다. 자식 교육에 미친 듯 열을 올렸고, 출판사 경영에 온 힘을 쏟았다. 하루 24시간이 전쟁이었다. 그 결과 그녀는 모욕을 당하지 않을 수 있었다. 완벽했으니까.

그런데 그 모든 걸 지연이 망가뜨리려 하고 있다. 예고를 그만두고 이 학교로 전학 온 일 년 전부터 지금까지 계속해서, 야금야금 뭔가를 갉아먹고 있다. 그리고 지금, 뭔가가 지연을 변하게 만들고 있다.

지연이 전화를 받지 않는다.

성혜는 '절벽'을 올려다보며 숨을 내쉬었다. 화가 치밀지만 입꼬리를 끌어 올려 웃는 표정을 만든다. 너를 위해 인자한 엄마가 되어 주겠다, 다시 다짐한다.

아이들이 '절벽'이라고 부르는 이 길은 경사가 너무 가팔라, 항상 긴장된다. 겨울에 눈이라도 오면, 아이들이 떼 지어 난간을 붙들고 기어오르는 진풍경이 연출되기도 한다. 그만큼 살인적인 경사다. 가능한 한 이 길을 넘어가고 싶지 않지만 지연이 전화를 받지 않는 이상, 그녀가 이 길을 넘어 지연이 있는 곳으로 갈 수밖에 없다.

시동을 걸려다, 머리를 울리는 고음에 흠칫 놀란다.

또 이 노래를 듣고 있었다.

어린 남자아이의 노래. 정식 음반이 아닌, 누군가 개인적으로 녹음한 노래다. 어떻게 가지게 되었는지는 기억나지 않지만 꽤 오래되었다는 것은 확실하다. 왜인지 작년 여름부터 습관처럼 이 노래를 듣곤 한다.

소름 끼치도록 맑은 보이소프라노. 변성기가 오기 전 남자아이의 목소리는 어딘가 치명적인 매력을 가지고 있다. 식은땀이 흐르며 가슴이 두근거린다. 성혜는 숨을 몰아쉬며 정지 버튼을 눌렀다. 쫓기듯 유명 여성 소프라노의 노래로 바꿔 틀려는데 자신도 모르게 손이 멈칫거린다.

내가 왜 이러지?

이런 노래는 들어 봤자 지연에게 도움이 되지 않는데 자꾸 이 노래에 집착하게 된다.

사실 성혜는 음악을 잘 몰랐다. 지연이 성악을 하게 된 걸 계기로 공부를 하긴 했지만, 어디까지나 뒷받침하기 위한 공부였다. 성악이라는 분야 자체가 그녀에겐 도무지 취향에 맞지 않았다. 의무감 때문에 억지로 듣는다는 게 정직한 심정이었다. 하지만 이 남자아이의 노래는 이상할 정도로 마음에 와 닿았다.

이런 걸 아마 울림이라고 하겠지.

세계적인 성악가들의 노래를 숱하게 듣는 동안에도 느낄 수 없던 감동을 이름도 없는 남자아이에게서 느낀다는 게 아이러니하다.

서인주도 그랬다. 그 이름이 떠오르자 성혜는 기분이 묘해졌다. 예전에, 그러니까 서인주가 죽었다는 사실을 알기 전까진 그 이름을 떠올릴 때마다 불쾌했다. 그런데 이젠 그리운 감정까지 인다.

정말 노래를 잘하는 애였어.

그녀는 서인주의 노래를 단 한 번 들었다. 서인주와 지연이 나란히 참가했던 콩쿠르에서였다. 제법 이름난 콩쿠르였고 상금도 삼백만 원으로 꽤 괜찮은 편이었다. 그래 봤자 관객은 심사위원과 학부모가 다였지만.

그녀는 대회가 끝나기만을 기다리고 있었다. 콩쿠르는 입시생들 사이에서 지연이 어느 정도의 위치인지 모니터링할 수 있는 좋은 기회였다. 하지만 매번 지루하리만큼 고만고만한 실력의 아이들이 다였다. 그 속에서 지연은 누구보다 돋보였고, 그래서 서인주가 노래를 하기 위해 무대에 올랐을 때, 그녀는 신경도 쓰지 않았다.

곡명은 '강 건너 봄이 오듯'. 이미 앞에서 아이들이 여러 차례 부른 노래였다.

—앞 강에 살얼음은 언제나 풀릴꺼나. 짐 실은 배가 저만큼 새벽안개 헤쳐 왔네.

고전적인 멜로디에 전혀 와 닿지 않는 가사.

하지만 그 노래가 서인주의 입에서 나오는 순간, 성혜는 지독한 기분에 휩싸였다.

그 애가 부르는 노래는 마치 처음 듣는 노래 같았다. 그 애는 낯익은 노래를 낯설게 부르고 있었다. 잘 부른다, 못 부른다는 말로는 다 표현하기가 힘들었다. 그건 어딘가 기괴하기까지 했다.

불안한 고음과 부정확한 발음. 지연에 비해 미숙한 실력임에도 그녀는 피가 식는 듯한 위기감을 느꼈다.

그녀는 전문가와 같은 분석은 할 줄 몰랐지만, 감은 지독하게 좋은 여자였다. 그 감은 처음 출판 일에 뛰어들 때도 도움이 되었다. 그녀는 책에 대해 문외한이나 마찬가지였다. 하지만 자신의 직감을 믿고 독특하면서도 트렌드에 맞는 책들을 과감하게 출판

했고, 매번 출판계에 반향을 일으켰다. 그리고 앞서 가는 출판사라는 이미지를 단시간에 대중에게 어필할 수 있었다.

하지만 서인주는 그녀의 예감을 빗나가 3차에서 떨어졌다. 반면, 지연은 대상을 거머쥐었다. 가능성을 알아본 심사 위원이 서인주에게 다가가 스폰서가 되는 드라마틱한 일도 일어나지 않았다. 결국, 그녀가 우려한 일은 일어나지 않았다.

여기선 안 먹히지.

좁은 동네에선 딱 그 정도 수준의 인재나 알아보는 법이다.

하지만 그녀는 서인주의 노래를 들은 작년 11월 이후로, 내내 초조함에 시달렸다. 누군가 그 애를 알아볼까 봐. 더 넓은 세계로 데려갈까 봐. 그래서 그녀를 아는 사람들이 지연과 비교할까 봐. 그 애 때문에 지연이 밀려날까 봐. 집안 사람들이 그 애를 들먹이며 그녀를 비꼴까 봐.

예고에서 못 버티고 나오더니, 이젠 일반계 아이한테도 밀린다는 얘길 들을 순 없었다.

어쩌면 그게 유일한 이유였는지도 모른다. 그런 이유로 그녀는 서인주가 사라져 버리기를 기도했다. 목을 졸라 버리고 싶을 정도로 간절하게.

이제 그녀는 서인주를 이렇게 기억한다.

천부적인 재능을 가진 아이, 하지만 빛을 보지 못하고 떠난 꽃 같은 아이.

성혜는 실제로 안타까움을 느끼고 있었다.

정말 아까운 아이였어. 잘한다는 말로는 표현이 안 되는 거였지, 그건.

성혜는 자신이 그 애를 얼마나 저주했는지는 까맣게 지워 버린 지 오래다. 지금 그녀는 오로지 딸 친구의 죽음을 진심으로 아파하는 좋은 사람이었다. 그리고 그 사실을 스스로 뿌듯하게 느끼고 있었다.

성혜는 마음을 다잡고 다시 시동을 걸었다. 그리고 위태로운 길을 달렸다. 온 힘을 다해 지연에게 신경을 집중한다. '절벽'을 넘어서자 교문 앞에 선 지연이 보인다. 자신감 없이 등을 구부리고 있는 모습에 마음이 불안해진다. 인주의 자살이 지연에게 영향을 끼친 건 아닐까 더럭 겁이 난다. 흔들리면 안 돼. 끝까지 버텨. 무너지면 안 돼. 자식이라도 그것만은 용납할 수 없어.

성혜의 차가 멈춘다. 지연이 고개를 든다. 앞 유리 너머 그녀의 눈을 응시한다. 도전적인 눈빛이다. 성혜의 얼굴에 당혹감이 서린다.

저 애는 도대체 무슨 생각을 하고 있는 거지?

음악 선생

"또 모시러 오셨군."

합창부 선생인 경민이 커튼 틈새로 지연 모녀를 보고 있다. 음악실은 좌우 두 면이 창으로 되어 있다. 거기다 꼭대기 층이라, 교실 오른편에선 앞쪽 통학로가, 왼편에선 연못이 있는 뒤쪽 통학로가 훤히 내려다보인다. 아마 이 학교에서 가장 전망이 좋은 교실일 것이다. 하지만 창마다 두꺼운 커튼을 쳐 놓아서 늘 어둡다. 이 교실을 이용하는 아이들은 절대 커튼을 걷지 않는다. 아이들에게 커튼은 벽이나 마찬가지다. 커튼 뒤에 투명한 창이 있다는 사실조차 인식하지 못하고 있으니까.

하긴, 우아한 노래를 부르는 고상한 아이들에게 적나라하게 뻥

뚫린 환경은 어울리지 않지.

경민의 얼굴 가득 심술이 어린다. 그러면서도 눈은 지연을 집요하게 좇고 있다.

경민은 지연을 보고 있으면 입이 비틀리는 기분이다.

선생이라면 모든 제자를 사랑해야 할 것 같지만 말도 안 되는 얘기다. 경민은 대부분의 아이들이 마음에 들지 않는다. 지연은 특별히 미워한다. 증오에 가까울 정도로.

아이들 역시 경민을 좋아하지 않는다. 경민은 아이들이 호감을 느낄 만큼 예쁘지도 않고, 옷을 잘 입지도 못한다. 누군가의 약점을 헤집어 놓는 독설에 가까운 농담 외엔 재미있는 말을 할 줄도 모른다. 한마디로 인기 없는 선생이다. 경민도 잘 알고 있다. 하지만 개의치 않는다.

나도 너희들 싫으니까.

고급 승용차에 지연이 올라탄다.

저 여자는 상류층만 탈 수 있다는 최고급 승용차를 몰고 다니면서도 외제차가 아니라 국산차를 몬다는 사실에 자부심을 가지고 있겠지.

경민은 지연 엄마의 가식적인 눈빛이 싫었다. 보톡스를 맞아 팽팽하게 부풀어 오른 부자연스러운 얼굴도 역겨웠다. 늙은 암고양이. 볼 때마다 더욱 고양이를 닮아 간다. 좀 산다는 집의 여자들은 늙어 갈수록 얼굴이 비슷해진다. 인위적인 시술로 당겨진 얼굴들.

경민은 운전석에 앉아 있을 지연 엄마의 가식적인 얼굴을 떠올리며 차를 주시했다.

고양이 모녀.

차가운 피가 흐르는 것 같은 이 모녀가 한없이 거슬린다.

지연과 그 엄마는 닮았지만, 한편으론 전혀 다르다.

지연의 엄마가 교활하게 교태를 흘리고 다니는 쪽이라면, 지연은 까탈스러운 결벽증으로 벽을 치는 쪽이다. 마치 귀족 고양이 같다. 가느다란 체구, 새침한 표정의 예민하고 도도해 보이는 얼굴, 건조한 눈매, 살짝 휘어져 신경질적인 매부리코, 이기적인 느낌의 얇은 입술, 만지면 하얀 가루가 묻어 나올 것 같은 창백한 피부. 그야말로 클래식한 분위기.

그래 봤자, 너 같은 건 잘 만들어진 상품에 불과해. 싫증 나 집어 던지면 툭 부러지고 말지.

경민은 외모와 배경, 그리고 재능까지, 모든 것을 다 가진 지연이 싫다.

"너 때문에 죽은 거야."

경민은 '절벽' 너머로 사라져 가는 모녀의 차를 보며 저주하듯 중얼거렸다.

─지연이 서인주를 죽였대.

─연못에서 지연이 서인주를 밀었대.

합창부 아이들 사이에 떠도는 소문이다.

물론 그 말도 안 되는 소문을 경민이 믿는 건 아니었다. 지연처럼 가느다란 여자아이가 자기보다 몸무게도 많이 나가는 애를 연못에 집어 던질 수는 없지 않겠는가. 그것도 가슴까지 오는 난간 너머로.

경민은 서인주의 죽음이 자살이라 확신하고 있었다. 다만, 그 자살에 지연의 책임이 있다고 생각했다. 아니, 꼭 있었으면 했다. 그래서 지연이 죄책감에 떨기를, 그러다 망가져 버리기를 원했다.

지연을 처음 만난 날부터 경민은 원하고 있었다. 모든 것을 다 가진 지연이 비참하게 추락하기를. 비극적 오페라의 프리마돈나처럼, 자기가 파 놓은 함정에 몰려 돌이킬 수 없는 일을 저질러 버리기를. 그런데 그 전에, 엉뚱하게도 서인주가 죽었다.

그건 인주가 아니라 너였어야 했어. 그러니 모든 게 네 잘못이지.

스스로도 억지라는 걸 알지만, 부질없이 우겨 댄다. 그런 자신이 비겁하게 느껴진다. 우울과 함께 또 다른 가능성이 머릿속에 스며든다.

그럴 리가 없잖아……. 그런 것 때문에 죽었을 리가…….

경민은 얼마 전 동창생이 피디로 있는 한 다큐 프로그램에 출연 제의를 받았다. 전문 분야를 공부하는 청소년을 집중 조명하는 휴먼 다큐멘터리로 이미 몇 명의 스타를 만들어 낸 바 있다.

다큐 프로그램에 합창부가 나오기로 한 뒤부터, 아이들 사이에선 누가 주인공이 될 것인가를 두고 말이 많았다. 단연 지연과 연두, 인주가 그 후보였다.

그것 때문은 아닐 거야. 그까짓 것 때문에 죽었을 리 없어. 어차피 넌 주인공감이 아니었어. 너와는 전혀 상관없는 거였다고. 그따위 삼류 프로그램.

경민은 지끈거리는 머리를 감싸 쥐고 창가에서 몸을 틀었다.

곧 레슨 시간이다. 그녀의 전셋집 현관문 앞에 불만스러운 얼굴로 서 있을 아이들의 얼굴이 떠올랐다.

하나같이 노래가 아니라 입시에 목을 매는 아이들.

왜 노래를 부르는지 물어볼 가치조차 없는.

고작 두 시간 동안에도, 너 같은 건 노래 부를 자격이 없어, 라고 수없이 소리치고 싶은 충동을 느끼게 만드는.

그 아이들 속에서 인주를 만난 건 기적 같은 일이었는지도 모른다. 경민의 메마른 눈동자에 물기가 어린다.

싸구려 기적.

경민은 주머니에서 이어폰을 꺼내 귀에 꽂는다.

이어폰 속에서 서인주가 노래를 부른다. 엠피스리에 외장 마이크를 달아 녹음한 거라 음질은 끔찍하다. 하지만 덜 다듬어져 풋풋한 인주의 목소리가 그녀의 귀를 만족시킨다. 어느새 경민은 그녀답지 않게 감상에 젖어 든다.

정체되어 있는 마음과는 달리 몸은 시간을 재듯 바쁘게 움직인다. 오랜 습관이다. 일이 끊기는 건 삶이 끊기는 것과 같은 의미니까.

경민은 교사를 하면서도 개인 레슨을 계속해 왔다. 대학을 다닐 때부터 부수입 없이는 생활이 불가능했으니까. 아픈 곳을 달고 사는 부모와 사고만 쳐 대는 동생. 그녀는 천재적인 재능을 타고난 행운아였지만, 그 재능에 기생하는 구질구질한 혹들도 함께 타고난 기구한 팔자였다. 한마디로 행운도 불행이 되는 부류의 인간인 것이다.

그나마 다행인 건, 집에서 방음 장치 하나 없이 레슨을 하는데도 이웃에서 항의가 거의 들어오지 않는다는 점이었다. 재개발지역인 이 주택가 사람들은 신기할 정도로 자신의 권리를 따지지 않는다. 이따금 술 처먹은 인간이 창문 앞에서 고래고래 소리 지르며 새벽녘 술이 깰 때까지 주정인지 항의인지를 하는 게 다다. 그런 인간도 낮에 멀쩡한 얼굴로 맞닥뜨리면 비굴하게 시선을 피한다.

덜 배우고 덜 가진 인간들은 덜 까다롭다. 그게 그녀가 오랜 레슨에서 배운 유일한 것이다. 그녀가 고물 경차에 올라타 시동을 건다.

돈이라면 진저리가 난다.

그러면서도 돈을 향해 신속하게 달린다.

모녀 그리고 연지

수경은 도무지 진정할 수가 없었다. 기대감과 불안감에 흥분할 대로 흥분한 상태다.

서인주가 죽었다.

남의 사정이야 어떻든, 그건 연두에게 분명 좋은 일이었다. 경쟁자가 한 명 줄었으니까. 내심 지연이면 더 좋았을 걸 싶어 아쉽기도 하다. 지연은 만만한 상대가 아니다.

그 여자라면 무슨 짓을 할지 몰라.

수경은 지연 엄마의 교활한 얼굴을 떠올리며 치를 떨었다. 선생에게 돈 봉투를 내밀며 부탁할지도 모른다. 자세히는 몰라도 입성이 꽤 사는 집 같았다. 음악 선생이 돈을 밝힌다는 건 이미

공공연한 사실이다.

내가 먼저 움직여야 할까?

섣부르게 나댔다가 일을 그르치면?

도대체 얼마나 넣어야 밀리지 않을까? 왜 아직 결정을 안 내리는 거지?

결정을 미루며 시간만 질질 끄는 음악 선생에게 짜증이 치민다. 모든 걸 일임한 채 뒷짐만 지고 있는 피디도 이해가 가지 않는다.

이제껏 그녀는 기회를 잡기 위해 숱한 노력을 해 왔다. 화려한 길로 들어서는 건 생각처럼 쉬운 일이 아니었다. 연두가 어렸을 때부터 방송국을 기웃거렸지만 남은 건 없었다. 어린이 합창단은 흐지부지 그만두었고, 캐스팅돼 시작한 연기 생활은 시시하게 끝났다. 연두에게 돌아오는 역은 인상에도 남지 않는 것뿐이었다. 예쁜 아이들은 초 단위로 TV 화면에 얼굴을 내밀었고, 누구든 기억에 남기 위해선 화면에 절대적으로 많은 시간 얼굴을 비추어야 했다. 질 좋은 역할 역시 필수였다. 하지만 좋은 역을 맡는 행운은, 단순히 예쁘다고 얻어지는 게 아니었다. 온갖 인간들의 비위를 맞춰 겨우 좀 괜찮은 역을 따냈다 싶으면, 일이 틀어졌다. 그 세계에는 수경만큼 극성스러울 뿐 아니라 힘까지 있는 여자들이 들끓었고, 차마 아이들에게 보여 주지 못할 치부도 있었다. 결국, 수경은 연두의 손을 잡고 밀려나듯 그 세계에서 멀어져 갔다. 잡아 두고 보자는 식의 기획사와 기다려 보란 말만 남발하는 피디들에게 지칠 대로 지쳐 있었다.

밀려났지만 포기한 것은 아니었다. 수경은 좀 더 기다려 보기로 했다. 연두는 완벽하게 예쁘고 천부적인 끼도 있다. 언젠가는 그 값을 할 것이다. 수경의 믿음은 종교적이라고 할 수 있을 만큼 절대적이었다.

그러던 차에, 연두가 성악을 해 보고 싶다고 말했다. 취미로 활동하고 있던 합창부에서 선생의 눈에 띈 것이다. 그 말을 듣는 순간 수경은 눈이 확 트이는 느낌이었다. 새로운 길이 열리는 기분이었다.

한창 예술가들이 연예인 못지않은 외모와 끼에 고급스러움을 더해 스타성을 어필하고, 많은 돈을 벌고 있었다. 연예인을 지망하는 아이들은 너무 많았다. 그 안에서 튀는 건 기적에 가까웠다. 그에 비해, 예술 쪽은 상대적으로 치열함이 덜해 보였다. 그 세계에 있으면 연두는 단연 돋보일 것이다. 수경은 왜 이제껏 그런 방향을 생각 못 했는지 후회스러웠다.

방송국에서 어린이 합창단을 하며 동요 대회에 얼굴을 내밀고 다니던 시절, 연두는 꽤 노래를 잘하는 축이었다. 시대는 이제 멀티플레이어를 원하고 있었다. 예술가들 역시 유명세를 타기 위해선 연예인 정도의 외모가 있어야만 했다. 그런 의미에서 연두는 제격이었다. 그렇게 연두와 수경은 성악이라는 우아한 세계로 방향을 틀었다.

고1, 늦은 감이 있는 시작이었지만 일은 잘 풀려 갔다. 연두는 성악을 하기에 좋은 목소리를 지녔고, 무서운 속도로 다른 아이들을 앞질러 갔다. 더군다나 연두가 다니고 있는 학교의 음악 선생은 상당한 실력자였다. 뒤늦게 그 사실을 안 수경은 기쁨을 감출 수 없었다. 그 덕에 휴먼 다큐멘터리라는 굉장한 기회도 왔다. 계획에 없던 기회였다.

"하늘이 돕고 있는 거야. 세기의 스타는 하늘이 내리는 거니까."

수경은 이따금 흥분을 참지 못하고 중얼거렸다.

이번 기회를 꼭 잡아야만 한다. 이건 연두를 위해 존재하는 기회니까.

수경이 정신없이 거실을 오가든 말든, 연두는 태평한 얼굴로 사과를 먹고 있다. 자기 얼굴을 쓰다듬으며 과일팩을 해야겠다는 말이나 지껄이면서.

연지는 불안한 얼굴로 수경을 지켜보고 있다. 도무지 이해할 수가 없다. 언니 일이라면 지나칠 만큼 촉각을 곤두세우는 엄마도, 매사에 뻔뻔한 언니도.

"엄마, 그만 좀 왔다 갔다 해. 정신없어."

수경은 연지의 말을 들은 척도 하지 않는다. 아니, 정말 들리지 않는 것 같다. 수경의 반응에 연지의 얼굴이 어두워진다.

연지는 무심하게 사과를 씹고 있는 연두의 얼굴을 노려본다.

"뭘?"

연두가 짜증을 내며 포크를 소리 나게 내려놓는다. 그 소리에 수경이 획 돌아본다. 그 신속한 반응에 또다시 연지의 얼굴이 일그러진다.

연지는 방으로 들어와 문을 쾅 닫는다.

그리고 한동안 문에 기대 서 있는다. 거실에서 어떤 반응이 돌아오길 기다리면서. 하지만 아무 반응이 없다.

연지는 고개를 들고 맞은편에 걸린 전신 거울을 바라본다. 그 속에 비친 메마른 표정을 짓고 있는 아이를 노려본다. 밋밋하고 투박한 인상. 아무런 매력이 없는 재미없는 여자아이. 아무도 관심 갖지 않는 평범한 여자아이.

수경은 말했다. 네 언니는 특별하다고. 그러니까 네가 이해해야 한다고. 미안하다고.

아주 어릴 때부터 그랬다. 수경이 환한 얼굴로 연지를 맞을 때는, 언제나 연두에 대한 소식이 있었다.

연두가 예쁜 어린이 선발 대회에서 일 등을 했어. 연두가 방송에 출연하게 됐어. 연두가 CF에 나올지도 몰라. 연두가, 연두가……

수경은 들떠서 한참을 떠들었다. 연두가 얼마나 예뻤는지에 대해. 연두의 인생이 어떻게 펼쳐질지에 대해. 수경은 눈을 환하게 뜨고 연지를 보며 얘기했지만, 그 눈은 그 순간에도 연두를 향해 열려 있었다. 연지가 어떤 표정을 짓고 있는지는 전혀 보이지 않는 듯했다.

연지는 거울 속 자신을 무섭게 노려보며, 뱅뱅 도는 생각을 주문처럼 되뇌었다.

특별해지고 싶다. 이 집에서만이라도. 그렇게 될 수만 있다면, 나는…….

지겨워.

보란 듯이 문을 닫고 들어가는 동생과 환자처럼 거실을 서성이는 엄마. 지긋지긋하다.

연두가 연지에게 미안한 마음이 없는 건 아니었다. 친척들이 대놓고 연두와 연지를 비교하거나, 연지가 연두에게 쏟아지는 관심 바깥쪽에 우두커니 서 있을 때면 애처로운 마음이 들기도 했다. 하지만 사사건건 상처받은 표정을 짓는 동생이 이젠 피곤했다. 상처라면 연두도 있다. 자신이 원해서이긴 했지만, 어릴 적부터 이리저리 끌려다니면서 일찍 어른이 되어야만 했다. 기라면 기고, 벗으라면 벗고, 참으라면 참는 분위기 속에서 고개 숙이고 눈치 보는 법부터 배웠다. 그곳의 사람들은 하나같이 예민했다. 간이라도 빼 줄 것처럼 굴고 귀여워하다가도 순식간에 표정을 바꾸고 함부로 굴었다. 어른스럽게 굴 것을 강요해 놓고, 뒤돌아선

어린 게 까졌다고 비아냥거렸다. 연두는 그 안에서 붕 떠올랐다가, 순식간에 추락하기를 반복했다. 연두가 엄마 손을 잡고 헤매던 그곳을 연지는 부드러운 거품으로 가득 찬 달콤한 세계쯤으로 알겠지만, 연두에게 그곳은 염산이 살을 녹이며 뿜어내는 노란 거품의 세계였다. 그럼에도 연두는 그 거품 속으로 뛰어들고 싶었고 그럴 수밖에 없었다. 연두는 스타가 되기 위해 태어난 존재니까.

수경이 더욱 빠르게 거실을 오간다. 연두는 머리가 아파 온다.

엄마, 좀 진정해.

말하고 싶지만 그만둔다. 어차피 소용없을 테니까. 그 대신 과일을 집어 천천히 씹어 삼킨다. 자신이 사십 대인 엄마보다도 더 늙은 여자 같다고 느끼면서. 방송국을 전전할 때부터 히스테리와 신경질은 수경의 것이었다. 한 명이 날뛰면 나머지 한 명은 조용해질 수밖에 없다. 쏟아 놓는 역할을 수경이 먼저 차지해 버린 것이다. 연두는 자연스레 모르는 척, 태평한 척 하는 역할을 맡았다.

불만은 없었다. 연두와 수경은 잘 맞는 한 팀이었다. 태평한 딸과 극성맞은 엄마. 그건 이상적인 팀플레이를 위해 모녀가 암묵적으로 지키고 있는 룰이기도 했다.

그렇다고 연두가 속까지 태평한 건 아니었다.

연두는 이번 다큐 프로그램에 출연하는 것이 얼마나 큰 기회인지 잘 알고 있었다. 정규 방송에다 시청률이 상당히 높았고, 그 방송에 출연했던 무용을 하는 여고생은 얼짱으로 일약 스타덤에 올랐다. 짧은 시간 안에 팬 카페들이 생겨났고, 광고에 출연하고, 영화 제의도 들어온 상태다. 그 여고생에 비해 연두는 결코 뒤지지 않았다. 극적인 상황을 연출해 더 큰 파장을 몰고 올 자신이 있었다. 문제는 출연할 수 있느냐, 없느냐였다. 물론, 누가 주인공이 되든 연두가 방송에 출연할 기회는 있을 것이다. 하지만 한 사람을 집중 조명해 끊임없이 극적인 상황을 만들어 내는 프로그램의 특성상 주인공이 아니면 별 의미가 없었다. 그런 프로그램은 확실히 집중이 잘 되고 재미있지만 주위 사람을 들러리나 적으로 만들어 버리는 특성을 가지고 있었다. 바로 그 극단성이 그 프로그램의 인기 요인이기도 했다.

서인주가 죽음으로써 경쟁자가 줄긴 했지만, 오히려 더 큰 긴장이 찾아왔다.

인주가 있을 때는 느끼지 못했던, 지연이라는 존재의 크기가 선명하게 다가온 것이다. 그동안 연두가 지연을 전혀 견제하지 않은 것은 아니었다. 하지만 셋일 때와 둘일 때의 긴장감은 확연히 달랐다. 더군다나 연두는 지연과 둘이서 인주 한 사람을 견제했었다. 이제 연두는 혼자 지연을 상대해야 한다.

2부

무대 위에서

유일한 용의자

기분 탓일까?

연두는 현관 앞에 서서 학교 외벽을 올려다봤다. 외벽에 때처
럼 낀 푸르죽죽한 이끼가 거슬린다. 요즘 부쩍 학교가 습해졌다
는 기분이 든다. 아이들이 우르르 몰려든다. 언제나처럼 경망스
럽게 웃고 떠들고 있다. 하지만 아이들을 둘러싸고 있는 기운, 그
러니까 배경은 어딘가 어둡다는 느낌이다.

연두는 한동안 찜찜한 기분 속에 서 있었다. 하지만 이내 신경
을 끄고 복도로 들어선다. 연두는 꽤나 쿨한 성격으로, 자신과
관계없는 일은 철저히 무시하는 주의다. 예쁜 아이들 특유의 자
기중심적인 성격 때문이기도 하고, 어릴 때부터 프로들 사이에서

자란 영향도 있다. 그런 곳에선 못 본 척, 못 들은 척 해야 하는 것들이 널려 있으니까 자연스레 자신과 상관없는 것에선 시선을 돌리게 된다.

팟―.

2층 복도를 지날 때였다. 플래시가 터짐과 동시에 연두의 고개가 돌아간다. 복도 너머로 보이는 별관 건물 쪽이다. 사람의 그림자가 순식간에 모습을 감춘다. 카메라와 함께.

누군가 자신을 찍었다.

누구지?

등교로 분주한 이 시간에 사람이 저 건물에 있을 이유가 없다. 학교 건물 뒤쪽에 동떨어져 있는 2층짜리 별관은 창고에 가깝다. 비어 있는 상태로 방치되거나 잡다한 물건들을 들여놓은 교실들이 전부다. 그 말은 누군가 연두를 찍기 위해 저곳에 미리 가 있었다는 게 된다. 그리고 연두가 이 복도를 지나는 시간을 정확하게 알고 있었다는 말이다.

연두는 언뜻 이 복도를 지날 때마다 뭔가를 본 것 같다는 생각이 든다. 무심코 지나쳤던 순간이, 기억을 더듬을수록 또렷하게 재생된다. 인간의 눈은 생각보다 많은 것을 보고 있다. 초점 밖 시야 가장자리에 걸린 잔상이 자신도 의식하지 못하는 사이에 깊숙이 저장되어 있다가 지금 같은 일을 계기로 떠오르기도 한다. 이를테면 카메라 렌즈에 반사된 빛 같은 것들이.

그래. 이 시간에 누군가 나를 찍어 왔어. 그것도 꽤 오랫동안.

스토커.

치한의 장난스러운 목소리와 함께, 그날 '절벽'에서 느꼈던 위험한 기운이 떠오른다.

연두는 굳은 표정으로 별관 쪽을 주시한다.

어차피 본관으로 이어지는 통로는 하나다. 이곳만 지켜보고 있으면, 언젠가는 연두의 눈앞에 모습을 드러낼 수밖에 없다. 보는 눈이 없어졌다 싶으면 살금살금 기어 나올 것이다. 쥐새끼처럼 두리번거리면서. 독 안에 든 쥐.

어떻게 생겨 먹은 인간일까?

느긋한 마음으로 기다리려는 찰나, 예상을 깨고 타다닥, 쥐가 튀어나온다. 팔을 들어 얼굴을 가린 남자아이가 본관 건물 속으로 뛰어든다. 당황한 연두가 1층으로 뛰어 내려간다. 하지만 한발 늦었다. 남자아이는 이미 아이들 속에 섞여 식별해 낼 수가 없다. 연두가 숨을 헐떡이며 주위를 둘러본다. 하나같이 평범한 얼굴들. 스토커 짓을 할 만큼 음흉해 보이는 얼굴은 어디에도 없다. 하지만 분명 이 속에 있다. 지금도 연두를 주시하면서. 평범한 얼굴 하나하나가 오싹하게 다가온다.

스토커는 연두에게 들키자마자 순식간에 별관을 벗어났다. 보통은 당황해서 판단이 설 때까지 머뭇거리거나 자신을 노출시키며 별관을 벗어나기보다는 숨는 쪽을 택할 텐데 말이다. 별관에는 생각보다 숨을 곳이 많다. 연두가 별관까지 쫓아온다 해도 쉽게 들키지 않을 만큼. 하지만 남자아이는 그러지 않았다.

왜?

만약 연두와 같은 반이라면…… 수업에 들어가지 않을 경우 의심을 사게 된다.

우리 반에 그런 인간이 있단 말이지.

교실이 가까워지자, 온몸에 소름이 두드러기처럼 번져 간다. 두렵다기보다는 역겹다는 쪽에 더 가까운 감각이다.

교실 앞 복도에 보영이 서 있다. 미래와 치한도 함께다.

재수 없게. 아침부터.

이 셋을 보면 연두는 짜증이 나면서 속이 뒤틀리는 기분이다.

연두가 다가가자 보영이 반색을 한다. 미래는 아니꼽다는 듯 연두 쪽을 힐끗 보곤 그만이다. 치한은 지그시 연두의 눈을 응시한다. 무시하려고 했지만, 연두의 눈빛이 흔들린다. 치한이 킥 하고 웃음을 터뜨린다. 연두의 얼굴이 차갑게 굳는다. 이 자식은 정말 악질이다.

"이것 봐라. 예쁘지?"

보영이 눈치 없이 손가락을 들어 보이며 자랑을 한다. 손가락에 은색 반지가 끼워져 있다. 치한이 끼고 있던 반지다. 반지는 미래와 치한의 손에도 하나씩 끼워져 있다.

커플링, 아니 트리플링이다.

유치하게.

남자 하나에 여자 둘. 도대체 무슨 생각으로 저런 초등학생도 안 할 짓을 하는 건지 이해할 수가 없다. 아마 전교생의 90프로는 이들을 이해하지 못할 것이다. 나머지 10프로는 이 트리플을 '튀고 싶어 지랄하는 것들'이라고 단정 지은 아이들이다.

하지만 튀고 싶다는 일시적인 감정으로 오랫동안 사귀는 게 가능할까? 셋의 관계가 이렇게 유지될 수 있는 걸까?

치한이야 워낙에 튀는 걸 즐긴다 해도, 보영은 워낙에 사차원이라 그렇다 쳐도, 미래는 풀리지 않는 수수께끼다. 미래는 평범한 아이다. 일부러 거칠게 말하고 천박하게 행동하지만 그 때문에 더 평범해 보인다. 사실 대부분의 여고생이 그렇다. 괜히 세 보이고 싶어 욕을 섞어 가며 말하고, 만만해 보이는 애들에게 함부로 행동하기도 한다. 튀는 걸 즐기는 것 같지만 그건 어디까지나 집단 안에서다. 그 애들은 하나같이 집단에서 내쳐지는 걸 두려워하고, 집단의 평균치 이상으로 튀는 걸 피한다. 한마디로 미래역시 소심하지만 대범한 척하는 아이일 뿐이다. 그런 미래가 왜 전교생에게 손가락질 받으면서까지 트리플에 끼어 있는 걸까? 그 낙인이 언제까지나 따라다닐 텐데.

셋은 어째서 사귀기로 한 걸까? 처음에 이런 말도 안 되는 제안을 한 건 누굴까? 셋 다 그것에 대해선 언급하지 않는다. 덕분에 이 엽기 트리플이 시작된 계기는 이 학교를 대표하는 수수께 끼 중 하나가 되었다.

"예쁘지?"

보영이 재차 묻는다. 행복감으로 눈이 반짝반짝 빛난다. 연두 는 불편한 감정을 접어 두고 생긋 웃어 준다.

"예쁘네."

간단하게 대꾸한 뒤 얼른 교실로 들어가 버린다. 순간적으로 역겨워 죽겠다는 표정이 얼굴 위로 떠올랐다 금세 사라진다.

자리로 향하는 연두의 시선이 자연스레 지연에게로 가 닿는 다. 지연은 언제나처럼 도도하게 앉아 악보를 들여다보고 있다. 연두가 일부러 가방을 소리 나게 내려놓았지만, 쳐다보기는커녕 동요조차 하지 않는다. 옆에 사람이 온 걸 모를 정도로 몰두해 있다.

어수선한 교실에서 저 정도로 집중할 수 있다니.

연두의 얼굴이 질투로 발갛게 상기된다. 그런 연두를 몇몇 아 이들이 힐끔거린다. 부러움과 욕망의 시선들이 연두라는 아이 위 에서 얽히고설킨다. 상기된 얼굴은 왠지 더 예뻐 보인다. 그 안에 어떤 무서운 감정이 숨겨져 있건 간에.

뭘 준비하고 있는 거지?

연두는 책상을 정리하며, 지연의 악보를 훔쳐봤다. 순간, 연두 의 얼굴이 일그러진다.

왜 이 곡을?

음악 선생이 만든 곡이다. 합창곡인 데다, 입시와는 상관이 없는 곡이라 따로 연습을 할 필요는 없다. 그리고 지연이 보는 솔로 부분은 분위기가 너무 짙고 무거워서 지연의 음색과는 어울리지 않는다. 지연은 종달새가 지저귀는 것 같은 가볍고 예쁜 목소리를 가지고 있다. 하지만 그런 음색은 흔하다. 연두 역시 지연과 같은 리릭소프라노다. 지연보다는 좀 더 드라마틱하지만 이 곡에 어울리지는 않는다. 그래서 이 곡의 솔로 부분은 인주가 도맡아 했다. 합창부에서 이 곡을 얘기할 때면 당연히 서인주를 떠올리게 되었다. 연두는 이 곡이 자신에게 중요한 곡이 아니었기에 인주가 솔로를 맡는다는 사실에 신경 쓰지 않았다. 하지만 인주가 이 곡을 부를 때면 불쑥불쑥 질투를 느끼곤 했다. 이 곡 자체가 서인주라는 아이에게 너무 잘 어울렸던 것이다. 꼭 서인주를 위해 만들어진 곡처럼. 이 노래는 인주의 것이었다. 처음부터 지금까지.

그런데 왜? 인주가 죽은 지금 이 곡을 보고 있는 걸까?

연두는 꺼림칙한 기분으로 지연을 살폈다. 그제야 지연의 눈빛이 평소와 다른 게 느껴졌다. 지연은 몇십 분째 악보의 같은 부분만을 보고 있었다.

불길해.

지연을 꺼림칙한 눈으로 보고 있는 건 연두만이 아니었다. 보영은 예전부터 지연이 무서웠다. 보고 있으면 그냥 기분이 나빴다. 인주가 죽었다는 얘길 들었을 때도 자연스레 지연이 떠올랐다. 그리고 그 소문이 돌면서부터는 조금씩 의심이 들었다.

―지연이 인주를 밀었대.

―지연이 인주를 죽였대.

밑도 끝도 없는 소문. 그렇지만 보영에겐 자신의 직감과 소문이 맞물려 있다는 게 중요했다.

지연은 그때 울지 않았다.

보영은 인주가 죽은 날을 떠올렸다. 보영은 똑똑히 기억하고 있었다. 보영이 "괜찮아?" 하며 올려다본 지연의 눈은 충혈되어 있지 않았다. 붉지 않았다. 울지 않았다. 친구가 죽었는데.

지연은 물기를 뚝뚝 흘리며 교실로 들어왔지만, 그건 화를 식히기 위해 세수를 했기 때문이었다. 지연은 보영이 한 괴담 얘기에 화가 났었으니까.

―첫 번째 아이와 두 번째 아이가 사진이 찍히면 두 번째 아이가 사라진다.

왜 그 괴담에 그렇게까지 화가 났던 걸까?

혹시 지연도 두 번째 아이를 사라지게 했으니까?

연못에서 발견된 서인주는 가방을 메고 있었다고 했다. 여느때와 똑같이 충실한 내용물로 채워진 가방.

그래서 학교는 결론지었다. 계획적인 자살이 아니라 충동적인 자살이라고.

하지만 연못으로 가는 샛길은 꽤 길다. 그 길을 걸어가, 난간 위를 오른 뒤 연못으로 뛰어드는 과정을 거치는 게 과연 충동적이라고 할 수 있을까?

보조 가방은 전망대 위에 내려 둔 채, 가방을 메고 자살했다. 뭔가 이상하다. 그렇게 무거운 가방을 메고 자살하다니. 구두도 신은 채 말이다.

어쩌면 이런 사소한 부분들이 모여 인주의 자살을 의심하게 만들고, 지연이 인주를 죽였다는 괴소문을 만들고 있는 것인지도 모른다.

지연을 뚫어지게 보는 보영의 맹한 얼굴은 확신으로 굳어졌다. 맹목적인 구석이 있는 이 아이는 믿기 시작했다.

지연이 인주를 죽였다.

위험인물

"아, 자리 있어야 되는데."

수업을 마친 뒤, 보영이 건물 꼭대기 도서관으로 향한다.

도서관은 뒷산 쪽으로 창이 나 있어 조용하고 쾌적하다. 하지만 이름만 도서관일 뿐, 책을 읽는 아이는 찾아볼 수 없고 공부하는 아이들로 가득하다. 게다가 거의 고정된 멤버가 아예 방석이며 책을 가져다 두고 자리를 맡아 놓다시피 쓰고 있는데, 대부분 악바리 같은 상위권 아이들이다. 해서 학교에서도 모르는 척 봐주고 있다.

상위권과는 상관이 없는 보영은 평소 수업이 끝나면 치한, 미래와 어울려 간단하게 끼니를 때우고, 치한은 집으로 보영은 미래와 학원으로 향했다. 하지만 요즘은 연두가 연습을 마칠 때까지 기다렸다가 연두와 함께 귀가하고 있다. 연두의 주변을 맴도는 스토커 때문이다. 아직까지 연두 앞에 나타나거나 이상한 짓을 하진 않았지만 누군가 자신을 몰래 쫓고 있다는 것 자체가 상당한 스트레스일 것이다. 보영은 그런 연두가 안쓰러웠다. 만약 스토커를 맞닥뜨린다면 보영 또한 위험할 수 있는 상황인데도 그런 것은 전혀 신경 쓰지 않았다. 보영에게 연두는 이런 수고쯤 얼마든지 해 줄 수 있는 존재인 것이다. 연두에게 처음 스토커 얘길 들었을 때도 보영은, 무섭다기보다는 연두 같은 아이에게 스토커가 없는 게 오히려 이상한 일이라 생각하며, 스토커의 존재를 당연하게 받아들였다.

"아, 자리!"

공부하던 아이들이 일제히 보영을 올려다본다. 보영은 얼른 입을 틀어막고 비어 있는 자리로 쪼르르 걸어간다. 도서관에는 자리가 딱 하나 비어 있다.

와 보길 잘했어.

별 기대 없이 올라와 본 거였는데 운이 좋았다. 게다가 창가 끝자리로 위치도 좋다.

이렇게 좋은 자리가 주인 없이 비어 있다니!

보영은 횡재한 기분으로 얼른 책상 위에 책을 꺼내 늘어놓았다.

이제 여긴 내 자리야.

빼앗길까 봐 의자에 방석까지 매 놓는다. 한참 부산을 떤 뒤, 자리에 앉아 책을 펼치려는데 책상 위에 놓인 머리 끈이 눈에 들어왔다. 조그만 금속 로고가 펜던트처럼 달린 보라색 머리 끈이다.

어디선가 본 것 같은데…….

하지만 오래 고민하진 않는다. 짧은 머리인 보영은 보라색 머리 끈으로 머리를 묶는 대신, 손목에 끼운다. 가느다란 손목에 보라색 머리 끈이 팔찌처럼 잘 어울린다.

예쁘다. 이제부터 이것도 내 거.

보영은 천진하게 웃고는 다이어리를 펼쳤다. 공부 계획을 세우기 위해서다. 스티커와 색깔 펜으로 꾸민 다이어리는 다이어리 광고에 써도 될 정도다. 글자 하나, 선 하나를 긋는 데도 온갖 공을 들였다.

보영은 계획을 세우는 것도 잊은 채, 이제까지 자신이 꾸민 것을 들여다보았다.

아유, 또 딴짓.

조금 짜증이 인다. 엉뚱한 짓을 하느라 시간만 보내기 일쑤다. 겉으론 공부에 연연하지 않는 태평한 녀석 같지만, 속으론 스트레스를 많이 받는 타입이다.

정신 차리려고 기지개를 쭉 펴 보지만, 이번엔 창밖에 시선이

꽂히고 만다.

도서관은 맨 위층이라 뒷산 쪽으로 펼쳐진 캠퍼스가 들여다보인다. 통학로에서 벗어난 숲 안쪽에서 학교 교복이 얼핏 비친다. 키가 큰 남자도 언뜻 보인다. 대학생 같다.

커플인가?

수풀이 흔들린다. 뭔가 심상치 않다. 수풀 틈으로 하얀 팔뚝이 보이다 사라지고, 교복이 통학로 쪽으로 뛰기 시작한다. 보영이 호기심에 몸을 일으키며 교복을 주시한다. 통학로에 나와 서자 교복의 얼굴이 드러난다.

하지만 미처 얼굴을 알아볼 새도 없이 갈색빛이 도는 단발머리를 나부끼며 빠르게 사라진다. 뒤이어 남자도 통학로로 나와 선다. 블랙진에 매치한 짙은 그레이 셔츠가 깔끔하다. 남자는 교복이 사라진 곳을 응시하다 어깨를 으쓱하며 돌아선다. 순간, 얼굴을 가린 안경에서 금속성의 빛이 반짝인다.

"요한?"

보영은 자기도 모르게 중얼거렸다. 아이들이 일제히 보영을 노려본다. 보영은 입을 가리고 슬그머니 자리에 앉는다.

요한은 치한의 형이다. 같은 재단의 대학에 다니고 있어, 보영도 몇 번 어울린 적이 있다. 요한은 치한과 닮긴 했지만, 미소년 타입은 아니다. 그리고 치한처럼 요란하게 튀는 걸 경멸한다. 그는 요즘 젊은 예술가들이 흔히 그렇듯 노블레스, 즉 귀족적인 이미지로 어필하는 쪽이다.

요한은 미술계에선 꽤 유명한 인물이라고 했다. 현대 미술을 전공하고 있는 요한은 아직 대학생임에도 천재로 불리고 있었다. 벌써 개인 전시회를 몇 번이나 열었고, 중고등학교 시절부터 각종 대회를 휩쓸고 다녔으며, 잡지나 인터넷 매체에 인터뷰가 실리기도 했다. 물론 집안이 가진 재력과 귀족적인 이미지가 유명세를 부추기는 데 도움이 되긴 했지만 작품 자체도 인정받고 있었다.

치한에게 그 얘길 들었을 때 보영은 고개를 갸우뚱했다. 치한의 집에 걸린 요한의 작품들은 흠잡을 데 없이 잘 그리긴 했지만, 특색이랄 게 없었다. 주로 초현실주의 그림들이었는데, 유명 작품들을 흉내 낸 것 같은 느낌이 들 뿐, 요한의 인상만큼이나 꼼꼼하고 갑갑했다.

치한에게 솔직한 감상을 말했더니, 치한은 자지러지게 웃은 뒤 이렇게 대답했다.

"그러니까 상을 셀 수도 없을 만큼 받았지."

어떻게 하면 상을 받을 수 있는지 아는 사람의, 그 이상도 이하도 아닌 딱 그 상만큼의 완벽함, 해서 장식장 안에 진열된 그 많은 상들은 요한의 자부심을 뒷받침해 주는 증거물이면서 동시에 열등감의 원인이기도 하다.

요한은 상이 늘어 갈수록 자신이 심사 기준이라는 틀에 갇혀 있음을 증명하는 셈이라는 것을 안다. 그럼에도 천재라는 타이틀이 아직 유효함을 증명하기 위해 끊임없이 상을 쫓아다닐 수밖에 없다.

모순적인 말이지만 보영은 왠지 알 것 같았다. 보영은 요한의 그림을 보는 대신, 상으로 가득 찬 장식장을 구경했다. 이쪽이 오히려 더 작품 같았다. 제목은 '트로피 콜렉터'.

어쨌든 그런 요한이 고등학생과?

왠지 상상이 안 간다. 요한 같은 남자는 일탈을 해도 천재라는 자신의 이미지를 공고하게 만드는 범위 안에서 한다. 그런데 여고생과 사귀는 문제는 어딘가 삼류 드라마 같다. 그가 자신의 귀족적인 이미지에 어울리지 않는 수준 낮은 짓을 과연 할까?

보영은 호기심을 참지 못하고 휴대폰을 집어 들었다.

—세바스찬, 혹시 너희 형 우리 학교 애랑 사귀는 거야?

금세 답문이 온다.

—큭. 설마~.

치한도 모르는 듯하다.

아까 그 애 어디서 본 것 같은데…….

그때 손목에 낀, 보라색 머리 끈이 눈에 들어온다.

오늘은 왜 이렇게 어디서 본 것 같은 게 많은 거야?

입을 비죽 내밀고 어깨를 으쓱한다. 이러고 있을 때가 아니지, 마음을 가다듬고 의자를 당겨 앉아 보지만, 여자아이의 갈색 머리칼이 자꾸만 어른거린다.

누굴까? 누구였을까?

머리를 쥐어뜯어도 선명해지지 않는다. 뭉게뭉게 피어오르는 호기심을 주체하지 못하고 있는데, 연두에게서 나오라는 문자가 온다. 시계를 보니 벌써 두 시간이나 지나 있다.

기껏 좋은 자리를 잡았는데.

보영은 펼쳐 보지도 못한 책을 주섬주섬 챙기며 한숨을 푹 내쉬었다.

"오늘은, 저쪽 길로 가면 안 돼?"

보영이 뒷산 쪽을 가리키며 말했다. 좀 전에 본 남자가 요한인지 확인해 보고 싶었다. 그가 아직 캠퍼스에 있으리라는 보장은 없지만.

"뭐, 이젠 상관없겠지."

연두는 흔쾌히 승낙했다. 서인주가 죽은 지도 한 달이 지났다. 연못 쪽 통학로를 이용해도 아이들 입에 오르내리지는 않을 것이다.

캠퍼스 쪽은 산속이라도 대학생 무리들이 드문드문 있어 위험하진 않다. 동아리방 같은 용도로 쓰이는 아담하고 예쁜 건물들이 군데군데 지어져 있어 분위기도 좋다. 연못 쪽으로 난 샛길로 빠지지만 않는다면 말이다. 같은 캠퍼스 안이라도 통학로를 사이에 두고 분위기가 판이하다.

두 아이는 샛길 앞에서 약속이나 한 듯 연못 쪽으로 고개를 돌렸다. 여기선 숲에 가려 보이지 않지만 샛길을 걸어 내려가면 어느 순간 거대한 연못이 탁 펼쳐진다. 거짓말처럼. 인주가 죽은 연못이.

평범한 아이 서인주는 아이러니하게도 죽음으로써 특별해졌다. 죽지 않았다면 지금까지도 아이들 속에 소리 소문 없이 묻혀 있었을 것이다.

사실, 학교는 겉으론 평범해 보이지만 속은 위험한 아이들로 가득하다. 누가 위험인물인지는 아무도 알 수 없다. 터지기 전에는.

그러고 보면 평범이란 단어는 전혀 평범하지 않다. 누구라도 평범이라는 말 속에 들어올 수 있고, 그 말 속에서 내쳐질 수 있다. 연두처럼 예쁜 아이도 이 학교를 벗어나, 텔레비전 모니터 속으로 들어가면 평범한 아역 배우 중 하나일 뿐이다. 그 속에선 연두만큼 예쁜 애들이 모니터를 이루는 화소만큼이나 흔하니까. 그래서인지 모니터 속에선 아주 평범한 얼굴들이 더 특별해 보이기도 한다.

보영은 문득, 아이들이 사차원이라고 특이하다고 말하는 자신 같은 부류야말로 더 평범한 게 아닐까 하는 의문이 들었다.

인주가 죽었을 때, 보영은 큰 충격을 받았다. 같은 학교에서 같이 공부하는 친구가 죽었는데 아이들은 보영에게 네가 왜? 라며 의아해했다. 네 친구도 아닌데 네가 왜 그렇게까지 슬퍼해, 라고 물었다. 과연 어떤 게 평범한 반응인 걸까?

치한과 미래와의 관계에 대해서도 엽기 트리플이라고 손가락 질하는데, 그게 왜 엽기인지 이해할 수 없었다. 셋이 모여서 변태 적인 짓을 하는 것도 아닌데 말이다.

보영은 셋이 있는 게 좋았다. 깊은 관계로 발전할 수 있는 커플 이라는 형태는 부담스러웠다. 그들은 셋이기 때문에 깊어지지 않을 수 있었다. 서로가 서로를 미묘하게 견제하고 있기 때문에 우정과 애정의 중간 상태를 유지할 수 있는 것이다. 건전한 삼각관계였다.

보영이 볼 때, 정말 이상한 삼각관계는 바로 연두와 지연 그리고 인주였다.

지연이 전학 온 당시만 해도, 같은 합창부이긴 했지만 셋은 친한 사이가 아니었다. 하지만 인주와 연두가 성악을 하게 되면서부터 셋은 같이 다니기 시작했고, 점점 이상한 관계가 되어 갔다. 연두는 지연을 좋아하지 않았다. 지연 역시 마찬가지였다. 하지만 둘은 단짝처럼 굴기 시작했다. 물론, 인주가 있는 곳에서만. 둘은 인주를 미워하면서도 꼭 인주와 같이 행동했다. 인주 역시 둘 때문에 괴로워하면서도 둘을 따라다녔다. 한 발짝 뒤에 내쳐진 채. 그렇게 셋은 함께했다.

작년에 보영은 그 애들 누구와도 같은 반이 아니었다. 하지만 그 셋의 관계만큼은 알고 있었다.

연두는 상당히 눈에 띄는 아이였고 따라서 셋은 자신들도 모르는 사이에 모두에게 보여지고 있었던 것이다. 연두라는 주인공과 그녀를 둘러싼 주변 인물들로 한 무대에 서 있었던 것이다.

보영처럼 순도 높은 우정을 믿는 입장에서 그 셋은 도무지 이해가 되지 않는 관계였다. 시기와 질투가 만들어 내는 협력과 집착만으로도 그들의 관계는 꽤 견고해 보였으니까. 기괴한 결속력이었다.

그런데 균형을 이루고 있던 하나의 축이 없어져 버렸다.

인주가 없어진 지금, 연두와 지연의 협력 관계는 어떻게 될까? 인주라는 공동의 적이 없어진 지금, 인주라는 목적으로 맺어졌던 우정은.

보영은 멍하니 샛길 쪽을 봤다.

연못을 뒤덮은 시퍼런 연잎 위로 연꽃 봉오리가 맺혀 있을 시기다. 어쩌면 한두 송이 피었을지도. 흔히 연꽃이라고 하면 물 위에 접시처럼 앉은 잎사귀와 앙증맞은 꽃을 피운 수련을 연상하지만, 이 연못을 뒤덮고 있는 건 크고 무성한 백련이다. 얼마나 무성하게 자라는지, 어린아이들이 우산으로 써도 될 만큼 큰 잎사귀들이 물을 점령해 버려 풀밭으로 보일 정도다. 백련은 줄기도 길고 잎도 큰 만큼 꽃도 징그럽게 크다. 인주가 죽은 연못 위로 아기 머리만 한 하얀 꽃이 피어 있는 장면은 어딘가 소름 끼친다.

그러고 보면 지연이 전학을 온 것도 작년 이맘때였다. 연꽃이 한두 송이 피어날 때였으니까. 지연의 전학과 맞물려 치한, 미래와 함께 연못에서 보낸 기억이 떠오른다. 셋은 전망대 위에서 둘씩 번갈아 가며 사진을 찍었다. 그때는 한없이 즐겁기만 했는데, 그 기억을 떠올리는 지금은 왠지 눈물이 날 것 같다. 휑하고 스산한 연못 위에서 필요 이상으로 크게 웃던 우리 셋.

"꺅!"

감상에 젖어 있던 보영이 난데없이 비명을 지른다.

"깜짝이야."

연두가 짜증을 내며 보영을 따라 샛길 쪽을 본다. 언뜻 사람의 머리가 보이더니 남자 하나가 걸어온다. 보영이 이번엔 입을 틀어막는다.

요한이다.

왜 요한이 저기서 오는 걸까?

바람을 쐬러 갔을 수도 있지만 말할 수 없이 섬뜩한 감각이 보영의 등줄기를 훑는다.

요한은 저곳에서 서인주라는 여자아이가 죽은 걸 모르는 걸까? 아니면…….

하얀 팔, 갈색빛이 도는 머리칼.

아까 요한과 같이 있던 여자아이, 얼핏 실루엣만 목격한 여자아이가 보영의 머릿속으로 토막토막 불길하게 떠오른다.

꺅— 단발의 비명을 지를 새도 없이 여자아이가 난간에서 떨어진다. 여자아이를 떠민 요한이 난간을 잡고 웃고 있다. 연못을 뒤덮은 연잎 줄기를 붙잡으며 허우적거리는 하얀 팔이 짙은 초록 사이로 보인다. 곧이어 커다란 연잎에 가려 아무것도 보이지 않는다.

설마. 요한이 그렇게 엄청난 짓을 저지를 리 없어.

보영이 자신만의 상상에 빠져, 경악에 가까운 표정을 짓고 있건 말건 연두는 시큰둥하다. 연두가 무심하게 걸음을 옮기는데, 요한의 시선이 연두에게 와 꽂힌다.

요한이 연두를 뚫어지게 보고 있다. 보영이 요한을 보고 놀란 것과 꼭 닮은 표정이다. 그런 요한을 보영이 관찰하고 있다.

기분 나빠. 뭐지?

연두의 튀는 외모에 반한 걸까? 하지만 기분 나쁜 시선이다.

보영과 시선이 마주치자 요한이 형식적으로 웃는다. 보영도 고개를 끄덕이며 인사를 한다. 연두는 앞서 걸어가느라 뒤에서 둘이 인사를 나누는지도 모르고 있다. 안다 해도 별 신경 쓰지 않을 테지만. 보영과 요한이 무의식적으로 연두의 뒷모습을 보다 또 시선이 마주친다.

"네 친구야?"

요한이 묻는다. 보영이 긴장한 표정으로 고개를 끄덕인다. 요한이 다시 연두의 뒷모습을 좇는다.

"그래?"

요한이 차갑게 웃는다. 눈이 뱀처럼 가늘어진다. 보영은 온몸에 소름이 돋는 것 같아 팔을 쓴다.

"쟤 말이야……."

요한이 뭔가 말을 하려는데, 연두가 돌아보며 소리쳤다.

"안 오고 뭐 해?"

연두가 얼굴을 찡그리며 둘을 살피고, 보영이 연두에게 쪼르르 달려간다. 요한이 어깨를 으쓱하며 돌아선다.

"아는 사람이었어?"

"응. 치한이 형."

"아—."

"저기, 혹시 너도 저 사람 알아?"

"내가? 아니."

그게 끝이다. 연두는 무심하게 걷는다. 보영의 심란한 표정은 신경 쓰지 않은 채.

경고

삐걱. 삐걱. 삐걱⋯⋯.

음악실이 가까워지자 연두가 발소리를 죽이고 걷기 시작한다. 먼저 온 지연이 음악실 안에서 목을 풀고 있다. 목을 긁는 것 같은 소리를 힘겹게 쥐어짜고 있다. 지금 지연의 모습은 도도하고 우아한 얼음 공주가 아닌, 죄책감에 찌든 살리에리 같다. 살리에리가 모차르트를 죽이고 싶어 했듯, 지연 역시 서인주를 죽이고 싶어 했으니까. 그리고 보니 얼굴도 닮은 것 같다. 특히나 그 대단히 클래식한 분위기가.

살리에리의 최후가 어땠더라?

연두가 음악실 창 너머로 지연을 훔쳐보며 비웃음을 흘린다.

인주가 죽은 뒤부터 지연은 서서히 망가지고 있다. 인주를 죽였다는 소문에 이어 별 괴소문이 다 돌고 있다. 지연이 정신과 치료를 받은 적이 있다는 것부터, 전학 오기 전 다닌 예고에서 성악부 애들을 다 죽였다는 황당한 이야기까지.

게다가 요즘엔 목도 굳어 버렸다. 요 며칠 계속해 불안한 음정으로 힘들게 소리를 내고 있다. 고음에 가선 툭 튀어나오듯 괴상한 음을 발성하기도 한다.

그래서 지연은 다른 사람이 있을 때는 고음 부분은 노래하지 않았다. 하지만 연두까지 속일 수는 없었다.

연두는 자신과 관계없는 일에는 철저히 무관심했지만, 반대로 자신과 관계있는 일에는 무서울 정도로 예민했다.

연두는 지연이 눈치채지 못하게 문을 열고 음악실 안으로 들어갔다. 그리고 기다렸다. 지연의 목소리가 갈라지는 순간을.

지연의 목에서 정체불명의 음이 튀어나온 순간에 연두는 정확하게 웃음을 흘렸다.

"큭."

단 한 음의 웃음소리였지만, 지연은 화들짝 놀라 돌아봤다.

"아, 미안."

연두는 미안해 어쩔 줄 모르는 표정으로 연신 사과했다. 자신도 모르게 웃고 말았다는 듯.

지연은 입을 다물었다. 악보에 고개를 처박고 있는 얼굴이 굴

욕으로 하얗게 질려 있다.

그래. 그렇게 질려 있어.

노래는 위축되면 할 수 없으니까.

연두는 진심으로 원했다. 지연이 뿌리까지 자신감을 잃어버리기를. 슬럼프에 빠져 굳어 버린 지연의 목이 절대 풀어지지 않기를.

연두는 목을 풀고는, 지연을 향해 물었다.

"연습 안 해?"

지연은 연두를 빤히 보다 말했다.

"응. 목 상태가 좀 안 좋아서. 너도 잘 알겠지만."

"어머. 그랬어? 난 몰랐는데. 혹시 감기 걸린 거 아냐?"

연두의 걱정하는 연기에 지연은 여전히 차갑게 답했다.

"걱정할 필요 없어. 곧 나을 거니까."

"그래? 그렇담 다행이고."

지연이 연두의 말을 무시하듯 자리에 앉아 문제집을 펼치자, 연두가 고개를 팩 돌려 앞을 본다. 제 분에 못 이겨 표정이 일그러져 있다. 하지만 짐짓 아무렇지 않은 척 노래를 부르기 시작한다. 「아베마리아」다.

콘셉트는 「아베마리아」를 부르는 성스러울 정도로 예쁜 여자아이. 방송을 의식한 곡 선정이다.

연두는 곡의 성스러운 이미지에 자신의 청순한 미모가 더해지면 극적인 효과가 상당할 거라 계산했다.

사람들은 이 곡을 부르는 연두에게서 남자와 관계하지 않은, 처녀막을 가진 소녀의 순결함을 상상할 것이다. 소녀. 생각만 해도 실소가 나오는 단어다. 남자 여자 할 것 없이 순결하고 순수한 소녀에 열광한다. 우습게도 그 열광은 지독하게 성적이다.

게다가 「아베마리아」는 모르는 사람이 없을 정도로 대중적인 곡이다. 사람들은 익숙한 것에 더 쉽게 마음을 열고 감정을 퍼붓는다.

"아—베, 마리—아."

최대한 깨끗하게 부른다. 순결함이 포인트니까.

이 교실에 거울이 없는 게 연두는 아쉽다. 얼굴을 모니터링해야만 하는데. 고음 부분에선 항상 조심해야 한다. 방심하면 금세 입 모양이 비뚤어지고 만다. 바로잡아야 하지만, 교정이 쉬운 일은 아니다. 그리고 아무리 예쁜 얼굴이라 해도 고음 부분이나 감정이 절정에 이르는 부분에서까지 예뻐 보일 수는 없다. 소리와 감정이 고조되면 얼굴은 일그러질 수밖에 없으니까.

순간, 서인주가 머릿속을 스친다. 노래를 하는 서인주의 얼굴. 단지 떠올리는 것만으로도 짜증이 치밀지만, 허공을 응시하던 물기 가득한 눈과 사라져 버릴 것 같던 표정들이 집요할 만큼 생생하게 떠오른다. 그리고 그 당시의 불쾌한 감정들 역시 생생하게 살아난다.

정말 이상한 얼굴이었다. 노래가 절정에 달할수록, 일그러질수록 아름다워 보이던 얼굴. 인주는 노래할 때, 정말 예뻐 보이지 않아? 아이들이 수군거리던 말들. 그게 서인주가 노래할 때마다 질컥거리며 솟아나던 불쾌감의 정체였다. 추녀가 되는 미녀와 미녀가 되는 추녀. 아이들이 무신경하게 지껄이던 말들, 도저히 용납할 수 없던 비교, 절대 인정할 수 없던 존재.

그래서 네가 참, 싫었어. 못생긴 주제에.

뭐, 이젠 상관없지. 다신 볼 일 없으니까.

새삼 속이 시원하다. 연두는 서인주라는 존재와 함께 떠오른 불쾌감을 시원하게 털어 버리고 노래에 집중했다.

얼굴이 일그러지지 않도록 조심조심 부른다.

무표정하다는 지적을 받아도 괜찮아. 노래를 부르는 프리마돈나는 예뻐야 하니까.

"아—베, 마리—아. 아—."

"킥."

이번엔 지연이 웃었다. 노래가 뚝 끊긴다. 연두가 굳은 얼굴로 돌아본다.

"왜 웃어?"

"아, 미안."

지연이 연두가 했던 것과 똑같은 대사를 한 뒤, 다시 문제집에 집중한다. 연두는 악보를 소리 나게 덮고 지연 옆에 앉았다. 노래할 마음이 싹 가셨다. 노래는 자신에게 취해 있지 않으면 제대로 나오지 않는다. 억지로 해 봤자 몸에 무리만 간다.

책을 꺼내자 저절로 한숨이 나온다. 성악을 하면서 학업까지 병행하려니 머리가 지끈지끈 아프다. 성악을 하느라 드는 비용도 만만치 않다.

이제껏 연두의 집은 수입의 상당 부분을 연두에게 투자해 왔다. 연두의 아빠는 대기업 사원으로 그런대로 수입이 괜찮았지만 연기 학원이며, 스텝들 식사며, 뇌물에 가까운 고가의 선물까지 무리가 가지 않을 수 없었다. 게다가 수경은 허영이 심한 여자였다. 언제나 남의 시선을 의식해 집 안은 세련되게 인테리어를 해 놓아야 했으며, 고급차를 끌고, 자신과 연두는 고가의 옷을 입어야만 했다. 그렇게 끌어온 생활이 십 년이다. 이제 돈은 빚이라는 구체적인 형태가 되어 서서히 연두를 조여 오고 있었다. 지금 연두의 집은 언제 터져도 이상할 게 없는 상황이다. 하루라도 빨리 연두의 진로가 정해져야만 했다. 연두는 고개를 들고 다큐멘터리를 떠올렸다.

그 다큐멘터리에만 출연할 수 있게 된다면, 그래서 유명 기획사와 계약하게 된다면.

애꿎은 펜만 빙글빙글 돌리다, 힐끗 돌아보니 지연이 멍하니 앞을 보고 있다. 그 시선이 향한 곳은 비어 있는 인주의 자리다.

셋은 방과 후 음악실을 연습실과 자습실로 사용했다. 노래 연습을 하기도 하고, 시험 공부를 하기도 했다.

처음 음악실을 연습실로 썼던 건 인주였다. 인주는 레슨받을 형편이 되지 않았기 때문에, 음악실에 혼자 남아서 연습을 하다 갔다. 그러다 지연과 연두도 같이 사용하게 되면서, 방과 후 음악실은 셋의 공간이 되었다.

"'나의 사할던 고향은'이 아니라 '사알던 고향은'이라고 불러야지. 'ㅇ' 자에 비해 'ㅎ' 자가 바람 소비가 훨씬 많다고. '아'를 '하'로 발음하고, '어'를 '허'로, '애'를 '해'로 발음하는 건……."

"초보적인 테크닉도 모르면서 뭘 한다는 건지."

인주가 부르는 노래를 듣고, 연두가 레슨 교수에게 막 배운 걸 가르치면, 지연이 눈을 내리깔고 끼어들곤 했다.

"나의 사알던 고향은—."

"아니. 그게 아니지. 호흡을 충분히 담아야지. 힘이 안 실려서 노래에 맥이 없잖아."

같은 시기에 성악을 시작한 연두가 거들먹거리며 가르칠 정도로 인주는 기본기가 전혀 없는 아이였다. 지연 역시 처음엔 음악 선생이 왜 인주에게 성악을 권하고 끼고 도는지 이해하지 못했다. 인주에게 음악실을 사용하게 해 준 것도 일종의 특별 대우였다.

하지만 얼마 지나지 않아, 연두와 지연은 인주에게 어떤 것도 가르쳐 주지 않게 되었다. 가르쳐 줄 게 없을 만큼 인주의 실력이 늘어서는 아니었다. 인주의 장점이 어떤 것인지 알게 되었기 때문이다. 독특한 음색. 그리고 무대를 장악하는 힘.

인주는 노래를 부를 때면, 전혀 다른 사람처럼 느껴지는 아이였다. 자신의 노래에 혼자 심취해 있는 자아도취형 성악가들과는 달랐다. 인주의 노래는 듣는 사람을 끌어들이는 힘이 있었다. 그 애의 노래를 듣고 있다 보면, 어느새 눈앞에 서인주가 아닌, 다른 사람이 서 있곤 했다. 그리고 듣고 있는 자신도 다른 사람이 되어 있었다. 청중이 아니라 바로 그 노래 속의 주인공이 되어 있었다. 인주의 노래 속에선 모두가 주인공이었다.

"그 얘기 알아?"

지연의 말에 연두는 퍼뜩 정신을 차린다.

"무슨 얘기?"

지연은 여전히 인주의 자리에 시선을 고정한 채 말을 이었다.

"빈자리엔 귀신이 앉아 있다는 얘기 말이야."

"뭐야!"

연두는 오싹 소름이 끼쳐 짜증을 냈다.

죽은 친구가 앉았던 자리를 보며, 저런 얘길 하다니. 보통 악취미가 아니다.

지연은 연두의 반응은 아랑곳 않고 미소를 띠며 말을 이었다.

"잘 봐. 앉아 있을지도 모르니까. 서인주."

연두를 들여다보는 얼굴이 유쾌하기까지 하다. 연두는 섬뜩한 기분에 지연에게서 몸을 떨어뜨렸다. 교실이 어둡다. 어느새 불을 켜야 될 시간이 된 것이다.

"동생한테 들었다고 했지?"

"뭘?"

"괴담 말이야. 연못 위에서……."

안 그래도 등줄기가 서늘한데, 괴담 얘기까지 꺼내고 있다.

지연의 눈빛이 형형하다. 시간이 갈수록 눈빛에 광기가 더해 간다.

지연의 정신이 이상해진 걸까?

설마, 일시적인 거겠지. 아님, 쇼를 하는 거든가.

인주의 죽음을 핑계 삼아 유난 떠는 것일 가능성이 크다. 예술을 한다고 뻐기는 고매한 아이들 중에는, 광기를 액세서리처럼 여기는 멍청이도 종종 있으니까.

하지만 연두는 꺼림칙한 기분을 참지 못하고 일어나, 재빨리 가방을 챙겼다.

"먼저 갈게. 보영이 기다려."

연두가 도망치듯 음악실을 나서려는데, 지연이 낮게 말했다. 아니, 경고했다.

"조심해."

그 목소리는 기이할 정도로 또렷하게 들렸다. 연두가 문 앞에서 어두운 교실을 돌아봤다. 지연은 인주의 자리에 시선을 고정한 채 말했다.

"네 동생."

일상적 악의

연두의 팔짱을 끼고 걷는 보영이 연신 뒤를 돌아본다. 스토커가 어딘가에 숨어서 그들을 쫓고 있는 것만 같다.

왜 이렇게 숨을 곳이 많은 걸까?

배경이란 참 이상하다. 운치 있게만 느껴지던 산속 캠퍼스가 스토커 얘기를 들은 이후로 점점 비밀스럽고 음침한 공간이 되어 가고 있다.

가로등 아래 드문드문 학생들이 보이지만, 아무도 신경 쓸 것 같지 않다. 연두와 보영이 스토커에게 붙잡혀 비명을 지르거나 연못 쪽으로 끌려간다 해도.

캠퍼스를 벗어나 대학 정문 앞 버스 정류장에 다다랐다.

이젠 각자의 버스를 타고 헤어져야 할 시간이다. 보영은 혼자 집에 가야 하는 연두가 못내 걱정스러워 투덜거렸다.

"동생이 같이 가 주면 좋을 텐데. 정말 너무한다니까."

연두는 아무 말이 없다.

"내 동생 같았으면 콱 쥐어박았을 거야."

보영이 대신 흥분한다. 조금 기다렸다 같이 가면 될 텐데, 왜 굳이 따로 다니는지 이해할 수가 없다.

보영에게도 남동생이 있다. 친하기는커녕 매일 티격태격하는 게 일이지만, 만약 자신이 연두와 똑같은 상황이라면 남동생은 다른 학교를 다님에도 학교 앞으로 데리러 올 게 확실하다. 그게 평범한 형제 관계 아닌가?

"미안. 나 때문에 치한이랑 데이트도 못 하고."

연두의 말에 보영이 펄쩍 뛴다. 물론, 보영 역시 전혀 신경이 쓰이지 않는 건 아니었다. 치한과 미래가 인사를 하고 돌아설 때면 괜히 섭섭함을 느낀 게 사실이다. 하지만 연두를 기다리는 건, 정말 좋아서 하는 일이었다.

"아, 아냐! 신경 쓰지 마. 그것 때문에 그러는 거 절대 아냐! 난 너랑 같이 가서, 정말 좋아!"

보영은 혹시나 연두가 마음 쓸까 봐 얼굴이 발갛게 달아오른 채 해명을 해 댔다.

"고마워."

연두의 말에, 보영이 쑥스러운 듯 웃는다.

"버스 왔다. 나 먼저 갈게."

보영을 뒤로한 채, 연두는 버스에 올랐다. 보영이 열심히 손을 흔든다. 연두는 다정하게 손을 흔들어 주다 버스가 출발하자마자, 똑바로 앉는다.

피식, 웃음이 나온다.

보영은 정말 맹하다. 연두가 미안해할까 봐 절절매는 모습이라니.

그런 보영이기에 연두가 마음 놓고 늦게 갈 수 있는 거다. 보영이 조금만 영악한 아이였다면, 같이 가 주는 대신 연두에게 연습을 일찍 끝내거나, 집에 가서 하라고 했을 것이다. 보영은 지금, 끼니도 거른 채 허겁지겁 학원으로 달려갈 것이다.

버스에서 내려 혼자가 되자, 연두는 보영이 그랬던 것처럼 연신 뒤를 돌아본다. 연두처럼 대가 찬 아이도 혼자 걷는 밤길은 무섭다. 더군다나 스토커가 따라붙었을지도 모르는 상황에선.

―동생이 같이 가 주면 좋을 텐데. 정말 너무하다니까.

이건 너무하는 정도가 아니다. 동생이라고 할 수도 없다. 남보다 못할 뿐만 아니라 악의로 가득 차 있기까지 하다. 어쩌면 연지는 연두가 스토커를 만나 나쁜 일을 당하게 되길 바라는지도 모른다.

나를 미워하는 동생이라.

연두는 기가 막혀 헛웃음이 나왔다.

"연두야!"

아파트 정문 앞에 서 있던 수경이 쫓아 나온다. 연두는 반가움보단 짜증이 앞선다. 항상 버스 정류장으로 마중을 나오더니, 오늘은 정문 앞이다.

"앞으로 안 나와 있어도 돼."

눈치 빠른 수경이 변명을 늘어놓는다.

"연지랑 실랑이하다 늦었어. 차를 괜히 팔았다니까. 이럴 때 있으면 좀 좋아. 엄마 차 다시 뽑을까?"

방송국 주변을 맴도는 걸 끝내면서, 수경은 차를 팔았다. 분수에 맞지 않게 과한 차였으니까.

"아냐. 됐어."

연두의 마음이 누그러진다. 수경이 애교스럽게 연두의 팔짱을 낀다. 연두가 씩 웃는다. 꼭 엄마가 동생 같다. 실제로 수경은 연두와 자매라 해도 믿을 정도로 젊고 예쁘다. 게다가 꼭 닮은 둘은 사이좋은 자매처럼 죽이 잘 맞았다.

"연지는 또 왜?"

"어유, 못된 년. 한두 시간 기다렸다가 너랑 같이 오면 얼마나 좋아. 동생이라고 하나 있는 게 왜 그런지 몰라. 무슨 불만이 그렇게 많은지 퉁퉁 부어서는. 어디서 그런 게 나온 거야?"

수경은 연지에 대한 불만을 죄 쏟아 놓는다. 아마, 나오기 전

연지에게도 똑같이 퍼부었을 것이다. 연지는 들은 척도 않고 뚱하니 앉아 있었겠지. 버릇없는 계집애.

부모들이 첫 아이를 낳고 나서 두 번째 아이를 낳는 이유는 대부분 비슷하다. 혼자는 외로우니까.

한마디로, 부모들은 첫 번째 아이가 외로울까 봐 두 번째 아이를 낳는 거다. 그런데 연지는, 연두의 외로움을 달래 주는 존재가 아니다. 힘들 때 위로가 되는 피붙이는 더욱 아니다. 외로울 땐 더욱 외롭게, 힘들 땐 더욱 힘들게 하는 존재. 그게 바로 연지다.

이럴 줄 알았으면, 엄만 널 안 낳았을 거야.

연두가 수경을 보고 웃는다. 수경이 답하듯 환하게 웃는다.

방문을 열고 들어가니, 연지가 침대에 누워 책을 읽고 있다. 쳐다보지도 않는다. 하지만 연지의 분위기가 바뀌는 걸 연두는 느낄 수 있었다. 느슨하게 풀어져 있던 방 안 공기가 팽팽하게 조여든다.

"왜? 내가 별일 없이 돌아와서 섭섭하기라도 한 거야?"

대답이 없다.

"허."

연두는 화를 삭이며 옷을 갈아입었다.

왜 연지는 잘난 언니를 둔 다른 많은 동생들처럼 언니를 자랑스러워하지 못하는 걸까? 왜 유명 연예인이나 스포츠 스타의 형제들처럼 굴지 못하는 걸까? 그들은 하나같이 카메라를 향해 활짝 웃으며, 반짝반짝 빛나는 언니나 동생을 질투하기는커녕 자랑스러워 죽겠다고 말한다. 당연한 것 아닌가? 자신들의 평범하고 시시한 인생을 부유하게 만들어 주었는데.

연지도 언젠가는 그들처럼 말하겠지. 연두가 반짝반짝 빛나는 스타가 되면.

"어릴 땐 질투하기도 했지만, 이젠 언니가 정말 자랑스러워요."라고 말하며 당연한 듯 연두가 벌어 오는 돈을 펑펑 쓰고 다닐 거다. 그러다 강남에 카페라도 하나 차려 줘야 군말이 없겠지. 수많은 스타들에 기생하는 그 가족들처럼 말이다.

아, 짜증 나.

오늘의 주인공

멀리 치한이 손을 흔든다. 하얀 브이넥 티, 뱀피 무늬지만 흑백이라 천박한 느낌을 주지 않는 스키니 팬츠에 빈티지 워커, 톤을 맞춘 페도라까지. 캐리를 안고 걸어오는 치한은 고급스럽게 정돈된 이 거리와 아주 잘 어울린다.

치한이 보영과 미래에게 빠른 걸음으로 다가와 해맑게 웃는다.

"와! 멋지다! 세바스찬."

보영은 꺅! 소리를 지르고 싶을 정도로 흥분한다.

"너무 띄워 주지 마. 얘 왕자병 수습 불가 단계야. 어으, 캐리 이 개새끼!"

미래가 캐리를 받아 안으며 면박을 준다. 말은 거칠게 하지만 캐리도 보영도 끔찍하게 아낀다. 그런 걸 보면 미래는 확실히 마음이 약한 타입이다. 그 옆에서 치한이 언제나처럼 자지러지게 웃는다. 경박하게 웃어도 치한은 아름답다.

변하지 않는 풍경이다. 그래서 보영은 이 시간이 즐거워 죽을 것 같다. 셋이 데이트한 지 일주일 만이고, 학교에서 수시로 보는데도 오랫동안 떨어져 있던 것 같은 기분이다.

"아, 정말 오랜만인 것 같아. 우리 셋, 아니 캐리까지 넷이 데이트하는 거."

"보영, 연두 기다리는 거 그만하면 안 돼?"

치한이 조르듯 말한다.

"스토커 때문에 어쩔 수 없는 거 알잖아."

보영이 변명하듯 덧붙인다.

"그리고 음악실이 집중이 제일 잘 된대. 집에 가면 자꾸 놀게 되고. 왜 공부 잘하는 애들도 다 도서관에서 공부하다 가잖아."

치한이 거들어 달라는 듯 미래를 보자, 미래가 화난 사람처럼 쏘아붙인다.

"가만 보니까 진짜 웃기는 년이네. 뭐, 집중이 잘 돼? 완전 무서운 년 아냐?"

"그게 왜?"

"서인주, 죽었잖아."

"그런데?"

보영이 맹한 얼굴로 고개를 갸우뚱거리자, 미래가 답답하다는 듯 설명한다.

"거기, 서인주랑 만날 셋이서 연습하던 데 아냐? 아무리 집중이 잘 돼도, 죽은 친구랑 만날 연습했던 데서 연습하고 싶냐? 너 만약 내가 죽으면, 치한이랑 너랑 아무렇지 않게 나랑 같이 다녔던 데 다닐 수 있어?"

보영이 얼른 고개를 흔든다. 상상만 해도 슬픈지, 금방이라도 울 것 같다.

"그것 봐. 보통은 못 그런다고."

보통은…… 그렇다. 같은 시간, 같은 공간에서 아무렇지 않게 연습 따위 하지 못할 거다. 무서워서라도.

하지만 연두는 보통 아이가 아니니까. 좀 다른 걸 거야.

보영은 계속해 연두를 두둔했다. 그리고 연두에 대한 의심을 지워 버리기 위해 지연을 끌어들였다.

모든 건 지연 때문이야. 지연이 계속 그곳에서 연습을 하니까 연두도 어쩔 수 없이 그러는 거야. 인주를 죽게 해 놓고 어떻게 거기 남아서 연습할 생각을 하지? 뻔뻔해. 정말 무서운 건 지연이야.

보영이 하얗게 질려 있는 걸 보고, 치한이 장난스럽게 끼어든다.

"아임 베리 스케얼~ 무서운 얘기 스탑!"

치한이 미래를 뒤에서 끌어안으며 짓궂게 말한다.

"우리 둘이 엄청 친해졌지롱."

"앗! 정말 너무해! 너네만 이렇게 야해지면 안 된다고!"

보영이 발을 구르며 둘을 떼어 놓자, 치한이 자지러지게 웃는다. 치한이 미래와 보영의 어깨를 감싸 안는다. 셋은 키득거리며 걷는다. 여느 때처럼.

과장되게 웃는 우리 셋.

보영은 괜히 마음이 서늘해졌다. 아무렇지 않은 척하고 있지만, 뭔가가 변한 것만 같다. 보영이 없는 동안.

한적한 길을 걸어 그들이 도착한 곳은 작은 갤러리였다. 부자들만 산다는 고급 주택가라 그런지 길가에 사람이라곤 없다.

"왜 전시회를 이런 데서 해? 사람들이 쉽게 못 들어올 분위긴데."

주위를 둘러보며 보영이 의아해하자, 치한이 또 자지러지게 웃는다.

"아하하, 진짜 귀여워."

멍하니 있는 보영에게 미래가 설명한다.

"으유, 바보. 이런 건 그냥 볼 사람만 보면 되는 거야."

"전시횐데?"

"그러니까. 알지도 못하는 사람들이 봐 봤자 무슨 소용이야.

이런 건 이름 있는 몇몇 사람만 보면 되는 거야."

보영이 여전히 고개를 갸우뚱거리며 들어선 갤러리 안에는 한눈에 보기에도 명품을 걸친 사람들이 여유롭게 그림을 감상하고 있었다. 그 가운데 요한이 있었다.

오늘의 주인공.

보영은 요한을 보자 새삼 소름이 끼쳤다.

연잎 사이로 언뜻언뜻 드러나는 하얀 팔, 갈색 단발머리.

샛길에서 요한을 만난 그날 이후로 보영은 내내 신경을 곤두세우고 있었다. 혹시나 연못에서 시체가 또 발견되었다는 소식이 들려오지 않을까 해서였다.

지금껏 별다른 소식은 들려오지 않았다. 하지만 꺼림칙한 상상은 굳어 가는 피처럼 끈적하게 들러붙어 좀처럼 떨쳐지지 않았다.

"시체는 그렇게 쉽게 찾아지는 게 아니야."

전화기 너머로 치한이 한 말이다. 치한은 보영의 말을 듣고도 기분 나빠하지 않았다. 자신의 형이 살인마일지 모른다고 말하고 있는데도.

치한에게는 심각함이란 게 존재하지 않는 것 같다. 오직 놀이와 재미만이 치한을 구성하고 있기라도 한 것처럼. 보영은 치한의 그런 면이 좋았다. 자신의 아름다움과 자신을 이루고 있는 세계에 철저하게 만족하고, 그래서 완벽한 삶. 치한에겐 이루고 싶은 야망이 없었고, 형에 대한 질투 따위도 없었으며, 부족한 게 없었으므로 당연히 비틀린 욕망도 없었다. 그래서 치한은 순수했다.

수화기를 든 보영의 머릿속 가득 연못이 펼쳐졌다. 백련의 길게 자란 줄기와 커다란 잎으로 빼곡하게 뒤덮여 있는 연못이. 시체가 떠오른다 해도 보이지 않을 것 같다. 줄기에 걸려 갇혀 있다, 어느 순간 다시 아래로 가라앉겠지.

연못과 관련된 인물이 자연스레 떠오른다. 그리고 또 다른 의문을 낳는다.

서인주.

서인주는 오전에 발견됐다. 사망 시간은 아침. 불과 몇 시간 만에 발견된 것이다. 당시엔 이상하다고 느끼지 못했지만, 돌이켜보니 신속하다는 느낌이 들 정도로 빠른 발견이다. 서인주가 유서를 써 놓은 것도 아닌데 말이다.

"그럼 인주는 어떻게 찾았어? 아, 그땐 연잎이 무성할 때가 아니었나?"

서인주가 죽은 것은 5월 중순, 시커먼 물 위로 콘크리트에 박힌 철근처럼 연 줄기만 비죽비죽 올라와 있을 때다. 스산한 걸 넘어 괴기스러운 풍경이다. 시체를 가릴 게 없는 시기였다고 해도, 그 시기에 연못을 찾는 사람은 거의 없다. 그곳은 모두에게 꺼림칙한 장소인 것이다. 특히 아침에 가기엔. 서인주는 왜 그렇게 이른 시간, 그곳에 갔던 걸까?

수화기 너머 치한이 한참 만에 답했다.

"목격자가 있었거든."

"목격자?"

그런 소린 들은 적도 없다. 그런 사실들을 치한은 어떻게 알고 있는 걸까?

"우리 형이야. 목격자."

요한이 목격자.

꺼림칙한 상상은 더욱 무성해졌다. 서인주도, 하얀 팔의 여자아이도 요한이 관련돼 있다.

그 연못의 깊이는 얼마나 될까?

다른 연못에 비해 깊다고 했다. 그래서 연꽃이 늦게 핀다고.

하지만 빠져도 죽지 않을 정도의 깊이라는 말도 들은 것 같다. 어쩌면 서인주는 연못에 빠져 죽은 게 아닐지도 모른다. 연못에 빠진 건, 아니 던져진 건 이미 죽은 시체였을지도 모른다.

서인주를 죽인 것도 요한일지 몰라.

하지만 도대체 왜?

요한이 미래와 보영을 보며 가느다랗게 웃었다. 반갑다는 의미인지, 비웃는 건지 애매한 웃음이다. 보영은 목이 뻣뻣하게 굳는 걸 느끼며 겨우 고개를 까닥였다.

"브라더! 마미 왔어? 마미?"

치한이 특유의 철없는 목소리로 묻자, 요한의 얼굴에 한심하다는 표정이 어린다. 참, 다른 형제다. 하지만 치한이 요한에게 다가서자, 어딘가 비슷한 분위기가 풍긴다. 요한과 함께 있던 한 여자가 치한을 향해 인사한다.

"어머, 치한이 얼마 만이니? 엄마 잘 계시지?"

"응. 잘 계시는데, 잔소리해서 미치겠어요. 아줌마가 잔소리 좀 해 주세요."

사람들과 우스갯소리를 주고받는 치한 역시 그쪽 세계 사람이다.

보영은 갑자기 자신과 미래가 이물질처럼 느껴졌다. 둘은 이곳에 어울리지 않는다.

미래도 그렇게 느낄까?

미래는 보영에게 캐리를 맡겨 놓은 채, 그림을 구경하고 있다. 이곳에 있는 사람들 특유의 오만한 표정과 우아한 행동을 따라서.

보영이 미래 쪽으로 가려는데, 요한이 미래에게 다가갔다. 보영은 요한에게서 도망치듯 발길을 돌려 구석으로 갔다.

보영은 그림을 보는 척하며 사람들을 훔쳐봤다. 그러다 엉뚱하게도 그들의 벌거벗은 모습을 상상했다. 꽤 멋진 사람도 있긴 하지만 벗겨 놓고 보니 대개는 평범하다. 혼자만의 놀이에 열중하는 보영의 시야에 요한이 들어온다. 요한은 여전히 미래와 얘기 중이다. 못마땅하다.

내 친구한테 무슨 수작이야. 이 악마야!

그러고 보니, 블랙 셔츠에 블랙 팬츠, 안경 대신 착용한 검은 귀걸이 한 짝까지 오늘은 올 블랙이다. 고급일수록 블랙은 빛을 발하는지, 옷에서 돈이 뚝뚝 흐르는 것 같다. 보영은 요한도 발가벗겨 본다. 명품 옷을 벗은 요한은 더 이상 귀족적이지 않다. 수십 번 마주쳐도 인상에 남지 않을 평범한 남자다.

보영이 자신도 모르게 심술궂은 웃음을 흘리고 있는데, 보영의 시야 안으로 치한의 얼굴이 쑥 들어온다.

"왜 이런 데 숨어 있어?"

"아, 깜짝이야."

"너 이상한 상상 했지?"

"……어떻게 알았어?"

치한이 또 자지러지게 웃는다. 긴 손가락으로 보영의 머리카락을 마구 헤집는다.

"이제 의문이 풀렸어?"

"의문?"

뜬금없는 말에 보영이 멍하니 쳐다보자, 치한이 그림을 가리키며 속삭였다.

"마이 브라더 킬러설 말이야."

보영은 자신의 앞에 있는 커다란 그림을 그제야 올려다봤다. 하얀 팔, 갈색 머리가 보인다. 그 여자아이다.

"뭐야, 여자 친구도 아니고, 살인 대상도 아니고, 그냥 모델이었잖아. 음 너무 시시한데."

아니, 안 시시해.

불길한 예감을 느끼며, 보영은 뒷걸음치듯 그림에서 물러났다. 가까이서 볼 땐 덕지덕지 발라진 물감 덩어리에 불과했던 터치들이 멀어질수록 형체가 되어 가며 선명하게 드러났다. 녹색빛을 띤 시커먼 하늘에 썩은 물풀 같은 구름이 껴 있다. 하늘이 그대로 비친 물 위에는 여자아이가 기묘한 포즈로 서 있다. 몸은 앞을 향해 있는데, 두 팔은 왼편으로 뻗어 있다. 뭔가를 붙잡는 것 같기도 하고 뭔가를 밀고 있는 것 같기도 하다. 상당히 불편하고 부자연스러운 자세로 서 있는 여자아이는 정면을 보고 있다. 여자아이는 그제야 보영에게 얼굴을 드러내 보였다. 보영은 그 얼굴에서 도망치듯 계속 뒷걸음질 쳤다. 보영의 가느다란 다리가 떨린다.

"어! 미래, 왜 그냥 가?"

치한의 목소리에 정신을 차리고 돌아보니, 미래가 갤러리 밖으로 뛰어나가고 있다.

뭐지?

치한이 미래를 쫓아 뛰어나간다.

분위기가 순식간에 뒤집힌다. 보영은 움츠리듯 캐리를 꽉 끌어안는다. 그러다 뱀이 다가오는 것 같은 섬뜩함에, 고개를 돌리니 요한이 오고 있다. 마치 이 순간을 노리고 있던 것처럼 계산된 발걸음이다.

그래. 미래는 뛰어나가기 직전까지 이 사람과 얘길 나누고 있었어.

요한이 한 걸음, 한 걸음 다가온다. 한기가 올라온다.

무슨 얘길 한 걸까?

보영은 치한이 나타나 자신을 구해 주길 바라며 입구 쪽을 바라본다. 치한은 나타나지 않는다. 피하고 싶은데, 몸이 말을 듣지 않는다.

이 사람 정말, 기분이 나빠.

요한이 보영에게 멈춰 선 순간, 보영이 겨우 발을 뗀다. 요한을 지나쳐 걸음을 옮기려는데, 요한이 말한다.

"참, 개 말이야."

보영이 우뚝 서자 요한이 말을 잇는다.

"이름이 뭐야?"

연두에 대한 이야기다. 두서없이 던져진 질문이었음에도 보영은 바로 알 수 있었다. 연두를 보던 기분 나쁜 시선을 잊을 수 없었으니까. 보영은 되물었다. 자신도 흠칫 놀랄 만큼 날카로운 목소리다.

"이름은 왜요?"

"아, 내가 걔 봤거든."

보영은 얼굴을 찡그렸다. 도대체 무슨 말을 하고 있는 건가?

"너도 알지? 내가 목격자라는 거. 연못으로 가는 길에 걔 봤거든. 연못에서 나오는 걸. 그날 아침에 말이야."

공범

　요한의 주장은 이러했다.

　그날 아침, 캠퍼스를 산책하고 있었다. 그런데 그 샛길에서 여자아이, 그러니까 연두가 나왔다. 여자아이 혼자 이른 아침에 연못 쪽에서 오는 게 이상했지만 개의치 않았다. 그러다 문득, 아침에 연못에 가 보는 것도 좋을 것 같았다. 괴괴한 풍경에서 그림거리를 발견할 수도 있겠다 싶어서였다. 요한은 연못으로 갔고 전망대 끝에서 보조 가방을 발견했다. 뭔가 이상한 기분이 들어 난간 아래를 보니, 언뜻 사람의 팔 같은 게 보였다. 요한은 바로 경찰에 신고했고, 서인주는 익사체로 발견됐다. 하지만 연두를 본 것은 미처 얘기하지 못했다. 그리고 서인주는 자살로 처리됐다.

"내가 뒤에서 빤히 보고 있는데도 모르고 가더라고. 아주 흥분했는지 말이야. 까맣게 잊고 있었는데, 다시 보니까 그때 그 여자아이라는 걸 알겠더라고. 기억에 남는 인상이잖아."

요한은 마치 연두가 범인이라도 되는 것처럼 말했다.

거짓말.

거짓말이다.

근거는 없다. 요한이 왜 보영에게 거짓말을 하는지 알 수도 없다. 그럼에도 보영은 요한이 거짓말을 한다고 확신했다.

보영은 요한에게 연두의 얘기를 들은 뒤, 주말 내내 말과 말을 끝없이 쫓으며 혼란스러워했다. 하지만 월요일, 지연을 보는 순간 갤러리에서 봤던 그 그림처럼 하나의 낱말이 선명하게 모습을 드러냈다.

공범.

요한은 목격자가 아니다. 그 남자는 공범이다.

지연과.

그림 속 여자아이는 지연이었다. 둘은 아는 사이였다.

의문이 하나 풀렸다. 지연이 어떻게 인주를 죽였을까라는 의문이. 가녀린 체구의 여자아이가 자신보다 큰 여자아이를 연못으로 미는 게 쉬운 일은 아니다.

그날 아침, 지연은 요한과, 인주를 죽였다. 지연이 인주를 불러

냈고, 요한이 죽었다.

보영은 불쑥, 분노가 치밀어 올랐다. 한 아이가 죽었는데, 어쩌면 살해당했을지도 모르는데, 경찰은 어떻게 그렇게 쉽게 결론 내릴 수 있는 걸까? 왜 요한을 의심하지 않았을까? 요한은 왜 어떤 추궁도 당하지 않은 걸까? 최초의 목격자가 쟁쟁한 배경의 요한이 아니라 다른 사람이었다 해도, 그냥 넘어갔을까?

최초의 목격자는 동시에 용의자이기도 하다. 자신이 목격자라고 주장하는 살인마는 얼마든지 있다. 요한은 일부러 목격자라고 자처한 것이다. 아무리 이른 시간, 외진 곳이라 해도 캠퍼스 안이다. 요한이 연못에서 나오는 걸 누군가 목격할 가능성도 무시할 수 없다. 따라서 요한 자신이 목격자가 되는 쪽이 오히려 안전할 수 있다. 용의자로 오해받는다 해도 요한이 인주를 죽였다는 확실한 증거는 어디에도 없을 테니까.

보영은 지연을 잔뜩 노려보며, 꽝꽝 결론을 내렸다. 요한과 지연이 공범이다. 하지만 뭔가 찜찜하다.

요한이 범인이라면 왜 이제 와 연두를 끄집어내는 걸까? 그 일은 이미 자살로 결론지어졌다. 그러자 그냥 묻어 버리고 싶은 또 하나의 의문이 떠오른다.

……연두는 왜 그곳에 있었던 걸까?

탁!

연두가 보영의 어깨를 친다. 보영이 화들짝 놀라 고개를 든다.

"표정이 왜 그래?"

연두의 말에, 보영이 얼른 표정을 가다듬는다. 연두를 보는 보영의 얼굴은 끔찍한 벌레라도 본 것처럼 일그러져 있었다.

"밥 안 먹어?"

"미안. 먹고 싶지 않아."

"그래? 미안할 건 없고. 나도 안 먹는단 얘기 하려고 온 거니까."

보영이 대답이 없다. 평소라면 무슨 일이냐고 지레 걱정을 해 댔을 텐데. 연두는 고개를 갸우뚱하며 돌아서려다 물었다.

"그 팔찌, 네 거야?"

"어?"

보영이 멍하니 자신의 팔에 찬, 보라색 머리 끈을 내려다보다 대답한다.

"어."

"그래? 하긴."

남의 물건을 하고 있을 리는 없잖아.

연두는 자신의 물음이 우스워, 피식 웃는다. 그러다 문득 웃음기를 거두고 교실을 둘러본다. 누군가 사라진 것 같은 기분. 하지만 도대체 누가 사라졌단 말인가?

어쩌면 날씨 탓인지도 몰라. 보영의 기분이 안 좋은 것도 그 탓일 거다. 습하면 불쾌지수가 올라가니까.

아침부터 내리는 비가 그칠 기색이 없다. 공기가 질척질척하다.

연못에도 물이 꽤 높이까지 찼겠지?

연두는 복도로 나와 창밖을 응시했다. 안개처럼 뿌연 빗속에 정돈된 산이 펼쳐져 있다. 얼핏 연못으로 통하는 샛길이 보인다.

……두 번째 아이가 사라진대.

둘이 걷다 한 명이 없어져도 이상할 게 없을 것 같은 풍경이다.

무슨 상관이야.

연두는 손등으로 치마를 탁탁 턴 뒤, 가볍게 걸음을 옮겼다.

음악 선생에게서 잠깐 다녀가라는 말이 있었다.

굳이 점심시간에 맞춰서.

사소한 것 하나까지 심술 맞은 여자다. 하지만 짜증이 일지 않는다. 왠지 예감이 좋다. 그리고 그 예감은 적중했다.

"네가 하게 될 거 같아. 네 얘길 했더니 좋아하더라고. 한번 만나러 오겠대."

드디어 주인공이 된다. 연두는 기쁨을 감추지 않았다. 활짝 웃으며 음악실을 나서는 연두에게 경민이 말했다.

"참, 아직 확정된 건 아니야."

항상 이런 식이다, 저 여자는. 불확실하게 질질 끌며 사람을 괴롭힌다.

삐걱. 삐걱.

복도를 걸으며 연두는 입꼬리를 한껏 끌어당겨 웃음을 짓는다.

어쨌든 내가 일 순위다.

괴담 속 주인공

성혜가 현관문을 열고 집으로 들어선다. 지연이 방에 있을 텐데도, 집이 텅 빈 것 같다.

대리석을 괜히 깔았어.

집 안의 차가운 분위기를 대리석 탓으로 돌리며 안방으로 향한다. 지연의 방문을 열까 하다 그냥 지나친다. 그럴 기분이 나지 않는다.

안방에는 아무도 없다. 남편은 친구가 하는 바에 죽치고 앉아 있거나, 어디서 골프를 치고 있을 것이다. 비슷한 부류와 어울리면서. 하나같이 중년이 된 지금도 그저 돈이나 축내는 부잣집 도련님에 머물러 있다. 시시한 얘길 나누며 낄낄대고들 있겠지. 행복하다면 행복하고 한심하다면 한심한 인간들이다.

손님방으로 간다. 침대와 책장 정도가 다인 아담한 방이다. 성혜는 이 방에서 잠을 잔다. 넓지 않아서인지, 이 방에 있을 때 가장 마음이 편하다. 이 집은 셋이 살기엔 지나치게 넓다. 그렇다고 좁은 집으로 옮기고 싶은 마음은 없다.

잠깐 쉬려고 침대에 눕는데, 울컥 울음이 솟구친다. 결국 복받쳐 오르는 감정을 참아 내지 못하고 흐느껴 운다. 성혜는 이따금 뭔가 툭하고 끊어지듯 울음이 솟구치곤 했다. 운전을 하다가, 잠을 자다가, 길을 걷다가, 밥을 먹다가. 이유는 없었다. 그냥 갑자기 그랬다. 가슴이 쥐어틀리는 듯이 아팠고, 감정이 제어되지 않았다. 벌써 일 년째다. 우울증인지도 모른다.

지연은 말했다.

이 방은 동생의 방이라고. 엄마가 우는 건 그것 때문이라고.

성혜는 눈물이 주르륵 흐르는 얼굴을 들고 방을 둘러봤다. 가슴이 아려 온다.

지연에게는 동생이 없다.

지연은 예고를 그만둔 뒤, 몇 달간 정신과 치료를 받았다. 물론, 기록이 남지 않게 지인을 통해서였다.

지연은 예고를 그만두고 나서부터 이상한 소리를 하곤 했다. 자신이 아이들을 다 없애 버렸다고. 그래서 자기 혼자 남은 거라고.

지연의 말대로 성악과에 1학년 아이는 지연밖에 없었다. 하지만 그건 처음부터 그랬다. 신입생을 한 명밖에 뽑지 않다니, 상식적으로 이해할 수 없는 일이다. 당연히 온 학교 아이들이 지연을 향해 쑥덕거렸고, 지연은 그 안에서 심각한 스트레스를 받았을 것이다.

어떻게 그런 일이 벌어진 걸까? 시어머니가 손녀를 위한답시고 손을 쓴 걸까? 못난 아들에게 유독 집착하긴 하지만, 그 정도 주책을 부릴 만큼 생각 없는 여자는 아니다.

어쩌면 신입생을 뽑는 과정에서 발생한 작은 실수에 불과했던 것인지도 모른다. 아무리 어처구니없는 실수라 해도, 내 책임이 아닌 건 절대 손대지 않는 게 공무원 사회니까.

학교가 하는 일이 다 그렇지.

성혜는 짐짓 결론을 내리고, 전화기를 집어 든다. 또다시 일이 커지기 전에 미리 손을 써야만 한다.

이번엔 뜬금없이 방송이다. 성혜는 얼마 전에야 그 소식을 전해 들었다. 이번에도 연두 엄마를 통해서였다. 고마워해야 할지, 우스워해야 할지 모르겠다.

멍청한 여자다.

단순히 성혜의 자존심을 긁고 싶어, 자랑을 늘어놓던 모습이 귀엽게 느껴지기까지 한다.

당신 실수한 거야.

성혜는 눈물을 문질러 닦고 숨을 골랐다. 우울증에 걸려 있을 여유 따윈 없다.

거짓말처럼 마음이 차분해졌다. 어쩌면 단순한 갱년기 증상인지도 모른다. 쓴 웃음이 밴다. 부쩍 지쳤다는 기분이 밀려들지만 지칠 여유도 없다.

그런 쓰레기 같은 게 진행 중이란 걸 알았다면, 진작 손을 썼을 것이다. 그깟 프로그램에 지연이 들러리처럼 등장하는 건 용납할 수 없다. 그렇다고 지연이 그 천박한 프로에 주인공으로 나오는 것도 용납할 수 없다. 집안에서도 가만있지 않을 것이다. 원조가 끊길지도 모른다. 출판사가 꽤 자리를 잡았다 해도 아직은 구멍가게 수준이다. 그들이 누리고 있는 생활을 자급자족하기엔 부족하다.

성혜에겐 지연이 주인공이고 말고가 문제가 아니었다. 집안이라는 좁고도 거대한 세계가 용납하느냐 안 하느냐의 문제였다. 카메라가 어느 쪽을 비추든 지연은 사람들 입에 오르내리게 되어 있다. 그러므로 그 프로그램 자체가 문제였다.

머리가 있는 계집애야, 없는 계집애야? 이런 일이 있으면 진작 말을 했어야지.

성혜는 이를 갈며 신호음에 귀를 기울였다.

—니들 그 얘기 알아?

―연화예고 성악부에…….

―지연 혼자 남아 있었대.

―쟤가 다 죽여 버렸대.

―다, 죽여 버렸대.

요즘 아이들 사이에 떠돌고 있는 괴담이었다. 하지만 그 소문을 퍼뜨리는 당사자들조차도 말이 안 되는 이야기라 여겼다. 다만, '지연'이란 인간을 씹어 대고 싶은 욕구에 그런 얘기를 나누는 것일 뿐이다. 하지만 진실이란 때로 얼마나 어이없는 형태로 공존하는지.

그 얘긴 루머에 불과했다. 하지만 진실이기도 했다. 지연이 죽여 버린 건 아니지만 지연만 남은 건 진짜니까.

―텅 빈 교실에서 첫 번째 아이와 두 번째 아이가 사진을 찍으면 두 번째 아이가 사라진대.

처음 지연에게 괴담을 들려준 건 재인이란 아이였다. 미국에서 태어난 자부심을 가진 한국 아이였다. 지연은 그저 흘려들었다. 하지만 정말 사라지길 바라는 존재가 생겼을 때, 그 괴담이 떠올랐다. 그리고 괴담이 지연에게 찾아왔다.

'찾아왔다'. 그렇게 표현할 수밖에 없다. 어쨌든, 괴담이 찾아왔고, 그 순간 지연은 당연한 듯 괴담을 믿게 되었다. 그리고 괴담은 마술을 부리듯, 아이들을 하나하나 사라지게 만들어 주었다. 아예 존재하지 않았던 존재로.

재인을 사라지게 한 날 지연은, 교실로 들어서던 선생의 표정을 잊을 수 없다.

—왜 너 혼자야? 아 참, 넌 혼자지. 그래, 이 교실엔…….

덩그러니 혼자 앉아 있는 지연을 보다가 선생은 도망치듯 교실을 나갔다. 그리고 지연 또한 더는 그 텅 빈 교실에 앉아 있을 수가 없었다. 어쩌면 사라진 존재들에게 쫓겨난 것인지도 모른다.

시간이 지날수록 모든 게 거짓말 같다. 그 애들은 정말 존재했던 걸까? 아니면 모든 게 꿈이고 망상인 걸까?

지연은 침대에 누웠다. 머리가 아팠다. 배경처럼 흐르는 오디오의 음악을 끈다.

하지만 정적은 찾아오지 않았다. 리릭소프라노를 위한 레퍼토리들이 꼬리에 꼬리를 물고 방 안을 떠다니는 것만 같다. 집요한 환청에 화음을 넣듯 엄마의 울음소리가 희미하게 들려온다. 지연은 귀를 틀어막았다.

완전히 사라지는 것은 없다.

모든 게 거짓말이고, 꿈이고, 망상이라고 믿고 싶지만, 곳곳에 남은 흔적들이 지연을 괴롭힌다.

동생의 존재가 희미해질 때쯤 되면 엄마가 운다. 지연을 괴롭히려고 일부러 그러는 것처럼 동생의 노래를 듣는다. 동생이 처음 녹음한 연주. 그리고 이 세상에 존재했었다는 유일한 흔적.

지연은 일 년 전, 동생을 사라지게 만들었다. 인주가 죽은 연못에서. 지연은 쫓겨나듯 예고를 그만둔 뒤, 더는 괴담 속 주인공이 되지 않으리라 다짐했었다. 하지만 괴담은 미묘하게 형태를 바꿔 지연을 유혹했다.

―연못 위에서 형제가 사진을 찍으면 둘째가 사라진대.

그래, 이번이 마지막이야. 동생만…….

천부적인 재능을 가진 보이소프라노. 지연은 동생의 화려한 타이틀에 눌려 숨을 쉴 수가 없었으니까.

문득, 요한이 보고 싶다.

지연이 요한을 처음 만난 건 연못에서였다. 지연이 연못을 찾은 건 사람들이 찾지 않기 때문이었다. 지연은 전망대 끝 난간에 기대 있었다. 그러다 난간을 한 칸 밟고 올라가 허리를 숙였다. 탁한 물 위에 지연의 얼굴이 비쳤다. 기척도 없이 한 남자가 다가왔다. 물 위에 또 하나의 얼굴이 비쳤다. 그 순간, 지연은 알아보았다. 자신과 같은 부류의 인간이라는 걸. 요한 역시 마찬가지였다. 요한도 지연처럼 두 번째 아이들에게 마술을 부리고 있었으니까.

지연은 요한에 대해 아는 게 없었다. 같은 재단의 대학에 다닌다는 것도 추측일 뿐이었다. 지연이 요한에 대해 아는 것은 그의 얼굴과 전화번호가 다였다. 그들은 추측 너머에 있는 것을 묻지 않았다. 그건 중요하지 않았다. 그들이 각자 괴담 속 주인공이라는 것 외에는 아무 의미가 없었으니까.

돌이켜 보면 요한을 만난 건 불길한 징조였다.

지연은 사실, 그 괴담에서 달아나고 싶었다. 처음엔 경쟁자들을 하나씩 사라지게 만들 때마다 어린애마냥 좋아서 어쩔 줄 몰랐었다. 하지만 시간이 갈수록 이미 없는 누군가를 자신만 기억하고 있다는 게 얼마나 끔찍한 일인지 알게 되었다. 그 얼굴들은 지연의 기억 한편에 망령처럼 들러붙어 있었다. 망령들이 하나둘 늘어 가면서, 아무라도 붙잡고 그 아이들에 대해 떠들고 싶은 충동에 시달려야만 했다. 그 애 기억 안 나? 여기에 앉아 있었잖아. 있었잖아. 있었잖아!

그 모든 걸 망상으로 돌리고 한낱 괴담으로 흘려버리고, 새롭게 시작하려 할 때 요한이 나타났다. 그리고 지연에게 그의 괴담을 들려주었다.

—연못 위에서 첫 번째 아이와 두 번째 아이가 사진을 찍으면 두 번째 아이가 사라진대.

하지만 지연에게 찾아온 것은 조금 다른 괴담이었다.

—연못 위에서 형제가 사진을 찍으면 두 번째 아이가 사라진대.

지연은 그 괴담 속 주인공이 되었고, 동생은 사라졌다. 더는 사라지게 만들 형제가 없었으므로 이번에야말로 괴담에서 놓여날 거라 믿었다. 하지만 괴담은 또다시 지연, 아니 그들을 찾아왔다.

—연못 위에서 첫 번째 아이와 두 번째 아이가 사진이 찍히면

두 번째 아이가 사라진대.

요한이 난간에 기대 웃는다. 수면 위로 얼굴 하나가 떠오른다. 이번엔 연두다. 괴담은 지연을 놓아줄 생각이 없어 보인다.

"미 끼아마노 미미, 마 일 미오 노메 에 루치아(Mi chiamano Mimi, ma il mio nome e Lucia)."

지연의 입에서 아리아가 흘러나온다. 「내 이름은 미미」다. 결이 갈라져 불협화음 같은 지연의 아리아 속으로 다른 노랫소리가 섞여 든다. 아주 희미하지만 지연은 알 수 있다. 지연이 입을 다물고 신경을 곤두세운다. 지연의 감각이 위험할 정도로 예민해진다. 희미한 소리는 끈질기게 이어진다. 노랫소리는 이제 사방에서 스며들어, 점점 위로 차오르는 물처럼 방 안을 채워 가고 있다.

─아─름다운가. 아름다운가. 파─랗게 흩어져 가는, 나는 아─름다운가─.

지연은 노래가 흘러나오는 곳을 찾아 정신없이 고개를 돌린다. 방 안이 뱅글뱅글 돌아간다. 지연이 힘겹게 입술을 달싹인다. 신음 같은 말이 새어 나온다.

"……네가 망쳐 놨어."

어느새 볼이 축축하다.

또!

지연이 신경질적으로 얼굴을 감싸 쥔다.

프리마돈나는 네가 아니야. 바로 나지.

지연이 고개를 빳빳이 들고 노래를 시작한다. 밤의 여왕이 부르는 아리아다.

"데어 횔레 라헤 코흐트 인 마이넴 헤르첸(Der hölle Rache kocht in meinem Herzen)."

노랫소리는 점점 빨라진다.

"페어스토센 자이 아우프 에비히 페어라센 자이 아우프 에비히 체어트뤼메어트 자이 아우프 에비히(Verstossen sei auf ewig, verlassen sei auf ewig zertrümmert sei auf ewig)!"

노래를 부르는 것인지 가사를 읊어 대는 것인지 분간이 가지 않을 정도다. 숨 쉴 틈 없이 몰아치는 지연의 노래에 인주의 목소리가 서서히 지워진다.

볼에 흘러내린 눈물을 닦으며 지연은 아리아를 중얼거린다. 지연의 아리아는 헐떡이는 숨에 끊어질 듯 이어지며, 계속된다.

나는 이 괴담의 주인공. 나는 언제까지 이 괴담의 주인공으로 남게 될까?

충동적, 그러나 고의적 악의

왜 꼭 이런 식이 되어 버리는 걸까?

짐짓 시큰둥한 표정을 짓는 미래와 흥얼거리는 치한 사이에 묘한 기운이 흐르고 있다. 보영은 의식하지 않으려 했지만, 질투가 타올랐다.

어제였다. 점심시간, 보영은 흥분해 미래의 교실로 뛰어들어 갔다. 이제부터 연두 엄마가 연두를 데리러 오기로 해서 미래, 치한과 함께 하교할 수 있다는 얘기를 하러 간 것이다. 하지만 교실엔 미래가 없었다. 그길로 치한의 교실로 뛰어갔다. 치한도 없었다. 보영은 불안함에 쫓겨 두 사람을 찾아 학교를 헤매고 다녔다. 그러다 뒷산 캠퍼스에서 둘을 발견했다. 둘은 커피를 마시고 있었다. 둘이라는 게 당연하다는 듯 말이다. 가슴이 철렁 내려앉았지만, 보영은 아무렇지 않게 둘에게 다가갔다. 치한이 촐싹거리며 보영을 반겼다. 하지만 미래의 표정은 빠르게 굳었다.

치한이 교실로 돌아가고 미래와 둘만 남자 전과는 다른 어색함이 감돌았다. 보영을 보는 미래의 시선은 누가 봐도 알아차릴 정도로 차갑게 변해 있었다.

"뭔가 변한 것 같아. 기분 탓인가?"

어색한 분위기를 바꾸려 보영이 장난처럼 물었다. 그런데 미래가 차가운 목소리로 답했다.

"맞아. 변한 거."

미래가 말을 이었다.

"네가 없는 동안……."

—우리 둘만 있었던 시간 동안.

미래의 말은 보영의 가슴에 못처럼 박혔다.

보영은 한순간에 거치적거리는 존재로 변해 있었다. 평범한 커플 사이에 불편하게 끼여 있는 존재. 보영은 가슴 한가운데가 쪼개지는 것 같은 배신감을 느꼈다. 자신들의 이상적인 삼각관계가 이렇게 쉽게 깨졌다는 것이 보영에겐 너무나 큰 충격이었다.

왜 셋이서 행복할 수는 없는 거지?

왜 항상 남자 하나와 여자 하나여야만 하는 거지?

보영은 이를 악물었다. 겨우 걸음을 옮기고 있는데도 미래와 치한은 눈치채지 못했다. 알면서도 모르는 척하는 건지도 모른다.

"야, 봤어? 저 개새끼 좆나 귀여워. 캐리 닮았지?"

"크하하하하하."

미래의 천박한 말에 걸맞게, 치한이 천박하게 웃는다. 보영은 새삼 미래의 말투가 참을 수 없이 거슬린다. 천박한 커플. 언젠가 너희들도 순수한 우정을 배신하고 순결한 사랑을 깨고 천박한 짓을 하게 되겠지. 아니, 이미 시작된 건지도. 보영은 조용히 고개를 숙이고 팔에 낀 보라색 머리 끈을 강박적으로 쥐어뜯었다.

툭, 머리 끈이 땅에 떨어진 순간 미래가 전해 준 말이 떠오른다.

—연못 위에서 첫 번째 아이와 두 번째 아이가 사진이 찍히면 두 번째 아이가 사라진대.

미래에게 나는 두 번째 아이인 걸까? 그럼 나에게 두 번째 아이는 누구지? 치한? 미래?

엉뚱한 의문에 보영은 자신다운 결론을 내린다.

내 괴담 안에서는 모두가 똑같아.

셋 다 첫 번째 아이고, 셋 다 두 번째 아이다. 치한도, 미래도, 보영도.

그러니 우린 언제까지나 함께야.

보영의 눈이 믿음으로 맑게 빛난다. 순교자와 광신도를 동시에 떠올리게 만드는 맑은 눈이다. 보영은 머리 끈을 주우려 몸을 숙였다. 하지만 보영의 손이 채 닿기 전에, 차갑고 축축한 손이 머리 끈을 집었다. 보영이 그 손의 주인을 향해 고개를 들었다.

그 순간, 보영에게 괴담이 찾아왔다.

─연두야, 엄마 조금 늦을 것 같아.

그럼, 그렇지. 백화점에 가면서 제 시간에 데리러 올 리가 없다. 더구나 기어이 뽑고야 만 새 차를 끌고 거북이 운전으로 올 테니, 한참 더 걸리겠지. 매달 빠져나갈 할부금이 떠오르자 연두는 머리가 아파 온다.

연두는 한 치의 머뭇거림도 없이 현관에서 몸을 돌려 음악실로 향했다. 잠깐의 시간도 낭비할 순 없다. 이번 기회는 그만큼 중요하다.

연두는 가슴을 쭉 펴고 또박또박 걸었다. 매력적인 가슴이 가려지지 않게 악보는 조금 내려서 들었다. 아무도 없는 텅 빈 복도지만, 긴장을 늦추지 않는다. 벌써부터 카메라가 자신을 비추고 있는 것만 같다.

수경은 며칠 내내 부산스럽게 움직이고 있다. 커튼과 침대보를 보러 다니고, 식기며 작은 쿠션 하나까지 일일이 고민하고 있다. 집 안 인테리어와 의상은 화사하면서도 소박해야만 한다. 음악에 대한 열정으로 가난을 극복하는, 예쁜 여자아이 콘셉트니까. 자연스레 지연은 연두와 대립되는 위치에 있는 부잣집 딸 역할을 맡게 될 것이다. 존재 자체만으로도 재수 없는 여자아이 말이다.

수경과 연두는 시나리오까지 대충 짜 놓았다. 중간에 수경이 경제적인 어려움을 호소해 연두는 레슨을 중단하는 '위기'를 겪게 된다. 그다음엔 연두가 '그럼에도 불구하고' 이곳저곳을 애처롭게 전전하며 연습과 공부에 몰두하는 '열정'을 보여 줄 예정이다. 사람들은 극적인 신파에 약하니까.

오늘은 수경과 백화점에 가서 몸매가 예쁘게 드러나는 면 티셔츠와 트레이닝복을 사기로 했다. 브랜드 로고는 드러나지 않아야 한다. 수수한 옷을 입고 있어도 몸매가 훌륭한 여자아이 역시 콘셉트의 일부다. 연두는 이 모든 소동이 즐겁기만 하다.

카메라가 비출 장면을 하나하나 상상한다. 소박하고 평범한 가정과 그래서 더 빛이 나는 연두, 그리고…… 연지가 걸린다. 카메라 앵글 한구석에 불만 가득한 얼굴로 서 있을 동생이.

─동생 얼굴 좀 봐. 완전 울상인데.

─불쌍하다. 엄마가 첫째만 끼고 도나 본데.

─예쁜 언니만 잘났냐? 동생은 뭐냐? 연둔지 뭔지 재수 없어.

연두는 인터넷 게시판에 달릴 댓글들이, 눈앞에서 찍히는 것만 같다. 연지는 절대 협조하지 않을 것이다. 협조는커녕 촬영 내내 피해자 같은 얼굴로 있을 게 뻔하다. 여느 때처럼 잔뜩 비틀려서는 돌발 상황을 만들어 낼지도 모른다. 그렇게 되면 연두는 비련의 여주인공이 아니라 가해자로 끝날 수도 있다. 연지라는 존재가 완벽한 하모니를 망치고 있다. 불협화음을 내면서.

뭐가 걱정이야. 불협화음을 내면 빼면 되잖아.

연두는 쿨하게 결정을 내린다. 촬영 기간 동안 친척 집에 보내면 그만이다.

그렇게 연지가 앵글 밖으로 사라진다.

큰 걱정거리 하나가 사라지자 기다렸다는 듯 소소한 문제들이 밀려든다. 날이 부쩍 더워지고 있다. 이래서야 머리를 풀어 헤치고 다니기 힘들다. 여름 절정에 진행될 촬영이 걱정이다. 머리를 풀어야 더 청순해 보이는데. 여름날 긴 머리를 풀어 헤치고 있는 건 털모자를 눌러쓰고 다니는 것만큼이나 고역이다.

계단참에 세워진 자판기를 보자 갈증이 인다. 낮의 열기는 좀처럼 식을 기미가 보이지 않고, 습한 기운만 가득하다. 바람 한 점 불어오지 않는다.

이온음료 하나를 뽑아 들고, 얼굴의 열기를 식힌다. 입에 한 모금 머금곤, 냉기가 어느 정도 가신 다음에야 삼킨다. 목에 차가운 것은 좋지 않다. 탄산음료는 더욱.

천천히 음료를 마시는 연두의 머릿속에 지연이 떠오른다. 지연은 이미 음악실에서 연습을 하고 있을 거다. 두 사람은 어느 순간부터 같이 다니지 않고 있었다. 누가 먼저랄 것도 없었다. 둘이

붙어 다녔던 시간이 이상하게만 느껴진다.

음악실 앞 삐걱거리는 나무 복도 위를 둘은 딱 붙어 걸으며 끊임없이 속닥였고 깔깔거렸다. 하지만 이젠 그런 일 상상할 수도 없다. 둘의 화제는 언제나 서인주였으니까.

서인주가 없는 음악실에서 혼자 연습하고 있을 지연을 떠올리자, 얼굴이 일그러진다.

"뻔뻔하기도 하지."

연두는 혀를 차며 음료를 하나 더 뽑았다. 탄산음료다.

이건 네 거야. 얼음 공주.

별것 아니지만, 상해 있는 지연의 목에는 타격을 줄 수 있을 거다.

연두는 독기처럼 하얗게 얼어붙는 냉기가 식을까 안달하며 빠르게 걸었다. 연두는 금속성 캔에서 전해지는 냉기만큼이나 차가운 악의가 솟아나는 걸 느꼈다.

지연은 연습을 하고 있지 않았다. 그저 멍하니 앉아 있었다. 그것도 서인주의 자리에.

뭐 하는 짓이야?

연두는 굳이 서인주 자리에 앉아 있는 지연이 짜증스러웠지만, 꾹 참고 상냥하게 다가갔다.

"먼저 와 있었네? 진짜 덥다. 자, 마셔."

연두는 천진한 표정으로 지연에게 탄산음료를 내밀었다. 음악실에 고인 열기가, 캔 음료의 금속성 냉기와 대조적으로 후끈하게 덮쳐 온다. 유혹을 거부하기 힘든 날씨다. 지연이 연두가 내민 탄산음료를 받아 든다.

카랑, 작지만 선명한 금속성의 소리가 들리고, 청량한 냉기가 코끝을 스친다. 촤르르륵— 음료가 지연의 목구멍을 넘어가며 탄산 터지는 소리를 낸다. 연두는 콰르르르 끓어오르는 탄산이 염산처럼 지연의 성대를 녹이는 장면을 떠올렸다. 정말 그렇게 된다면 얼마나 좋을까.

지연은 한 모금 마시고 난 뒤, 연두를 향해 음료를 내밀었다.

"괜찮아. 너 마셔. 난 아까 오면서 마셨거든. 너무 더워서."

연두는 웃으며 거절했다. 그러자 지연은 연두에게 시선을 고정한 채 비웃듯 눈을 가늘게 뜨고 웃었다. 그리고 다시 천천히 음료를 마시며 말했다.

"사람들은 왜 거짓말을 하는 걸까?"

연두는 당황해 뻣뻣하게 웃었다. 눈 밑의 근육이 실룩거린다.

당황할 것 없어. 난 거짓말하지 않았으니까.

연두는 분명 음료를 마셨다. 다만, 탄산음료가 아닌 이온음료였을 뿐.

"함정에 빠뜨리기 위해? 예를 들면 이런 거 말이야. 함정을 파 놓고 그곳에 보물이 있다는 거짓말을 흘려. 그럼 상대방은 스스로 함정에 빠져들지. 물론 넌 아무 죄도 짓지 않았지. 단지 지나

가는 한마디를 했을 뿐. 아주 약간의 악의를 가지고 말이야. 그건 나쁜 걸까? 나쁘지 않은 걸까? 그거 알아? 거짓말은 언제까지나 거짓말로 머물러 있지 않아. 거짓은 어느새 그 힘으로 진실이 되어 버리고, 우리는 함정에 빠지고 말아. 그래서 늘 조심해야 해."

"웬 잘난 척이야?"

농담에 진심을 담아 받아친다.

"넌 네가 첫 번째라고 생각해?"

지연이 뜬금없이 묻는다. 연두는 과장스럽게 대꾸한다.

"당연한 거 아냐? 난 잘났으니까."

지연은 진지하게 이야기를 이어 나간다.

"하지만 말이야, 모든 것은 위험할 정도로 상대적이야. 그래서 변해. 끊임없이 변해."

"하고 싶은 말이 뭐야?"

"너 내가 부럽지?"

직선적인 질문이 당황스럽지만, 연두는 태연한 척 말한다.

"아니, 별로."

"질투하는 사람은 이미 진 거 아닐까?"

"부러우면 지는 거다?"

연두는 불쾌해져 볼이 실룩였지만, 깔깔거리며 웃어넘겼다. 지연은 자기 얘기에 취하기라도 한 것처럼 떠들어 대기 시작했다.

"넌 네가 주인공이라고 생각하지?"

"어, 맞아. 내가 주인공이야. 우아한 프리마돈나. 됐어?"

"프리마돈나? 〈밤의 여왕〉에서 누가 프리마돈나인지는 알고나 하는 소리야?"

지연이 한쪽 입꼬리를 올리며 비아냥거린다.

"밤의 여왕 아냐? 또 무슨 헛소릴 하려고?"

연두는 발끈해 소리친다. 지연이 웃음을 흘린다. 연두의 얼굴이 약이 올라 벌겋게 변해 있다.

"아, 미안. 네 수준에 맞춰서 얘기할게. 드라마엔 남자 주인공이 있어. 그리고……."

"여자 주인공이 있겠지."

"아니. 서브 남이 있어. 두 번째 남자."

빙글빙글 말을 돌리며 사람을 가지고 놀고 있다. 지독하게 얄미운 계집애다.

"그래서?"

"언제나, 언제나, 항상 남자 주인공과 여자 주인공이 맺어질까?"

무슨 얘길 하려는지 연두는 이제야 감이 잡힌다. 드라마는 철저하게 계산적이다. 시청자의 반응에 따라 결말이 달라진다. 서브 남의 인기가 압도적으로 많으면, 결말에 가선 그가 주인공이 될 수 있다. 드라마만 그런 것이 아니다. 우리는 언제나 주인공의 자리에서 내쳐질 수 있다.

"무슨 말 하고 싶은지는 알겠는데, 그건 네가 나한테 할 말은 아닌 것 같은데. 주인공이라고 착각하고 사는 건 바로 너 아냐?"

연두의 반격에 지연의 얼굴이 굳는다.

잘난 척해 봤자, 넌 나만큼 영리하지 못해.

마침 연두의 휴대폰이 울린다. 한숨이 나온다.

겨우 이 재수 없는 교실에서 나갈 수 있겠군.

하지만 연두는 선뜻 일어나지 않는다. 지연이 내뱉고 있는 말들이 집요하게 연두의 호기심을 잡아 끌고 있다.

"너, 공부 때문에 자살하는 애들 이해할 수 있어?"

또 뜬금없는 소리다. 주절주절 끝없이 떠들라지. 목이 쉬어 터져 버릴 정도로.

"아니."

연두는 잘라 말한다. 그까짓 공부, 죽을 정도로 싫으면 안 하면 될 거 아냐.

지연은 희미하게 웃더니 중얼거렸다.

"사람들은 죽을 바에야 포기하면 되지 않느냐고 쉽게 얘기해. 너무 쉽게 얘기해. 하지만 사실은 쉽지가 않아. 놓을 수가 없거든. 살아 있는 한은."

"아, 그럼 죽든가."

연두는 자신도 모르게 툭, 내뱉고는 흠칫하여 지연을 봤다. 지연도 고개를 틀어 연두를 보고 있다. 섬뜩할 정도로 눈빛이 맑다.

애, 이러다 정말 자살이라도 하는 거 아냐? 설마…….

걱정과 동시에 기대가 생겨난다. 마음 한편으로 친구의 자살을 바라는 자신이 섬뜩하지만, 기대감은 점점 커져만 간다.

연두가 복잡한 감정에 휩싸여 있건 말건, 지연은 말을 이었다.

"너도 그 괴담 들었지? 일 등과 이 등. 이 등이 사라진다. 뭔가 이상하다는 생각 들지 않아? 왜 이 등이 사라질까? 이 등이 일 등을 죽이고 싶을 텐데, 일 등이 사라져야지. 하지만 이 등만 일 등을 죽이고 싶을까? 일 등은? 일 등과 이 등, 둘 중 더 불안한 건 누굴까? 일 등과 이 등도 상대적인 걸까? 중요한 건, 남는 아이는 언제나 첫 번째 아이가 된다는 거야. 그게 누구든, 사라지는 게 누구든지…… 더 중요한 건 두 번째 아이가 사라진다 해도 끝나지 않는다는 거야. 없애고 나도, 또 반복돼. 끝이 없어. 이 세상엔 너무 많은 아이들이 있고, 두 번째 아이는 또 나타나."

말도 눈빛도 초점이 없다.

지연은 확실히 정상이 아닌 것 같다. 인주가 죽은 뒤부터 서서히 망가지고 있던 정신이 한계에 부딪힌 것인지도 모른다.

미쳤다.

그 확신과 동시에 연두의 얼굴에 미소가 떠올랐다. 털이 다 빠진 초라한 라이벌, 안되긴 했지만, 어쨌든 연두에게는 좋은 일이다. 미친 애를 다큐의 주인공으로 내세울 리는 없으니까.

연두는 지연의 얘기를 듣는 둥 마는 둥, 대충 맞장구쳐 주곤 일어났다. 지연은 연두의 등에 대고 담담하지만 쓸쓸한 목소리로 말했다.

"내 말 한마디도 흘려듣지 마."

말 같지 않은 소리.

코웃음이 나온다. 하지만 조금 불쌍하긴 하다. 연두는 몸을 돌려 지연을 향해 딱하다는 듯 말했다.

"그거 알아? 결국엔 내가 주인공이라는 거."

이번 다큐 말이야. 이 바보 멍청아.

지연이 메아리처럼 말한다.

"그거 알아? 우리 엄마가 움직이기 시작했다는 거."

트라이, 트라이, 트라이앵글

"안 하는 게 좋을 것 같아."

치한이 말한다.

"재미없게 왜 그래?"

"그래, 너답지 않아."

미래와 보영이 치한의 팔을 꽉 잡는다.

연못 위, 길게 뻗은 전망대 끝에서 세 아이가 실랑이를 벌이고 있다. 장난을 치고 있는 것 같지만 평소와는 분위기가 다르다.

그 맞은편에 요한이 서 있다. 요한은 전망대 중간에 서서 그들을 향해 사진기를 들고 있다.

영원히 함께하는 거야.

보영이 치한의 팔을 꽉 붙든다.

우리 셋이서.

보영이 치한의 어깨에 머리를 기댄다.

미래가 그런 보영을 노려보고 있다.

지긋지긋하다. 이젠 끝내고 싶다. 그게 누가 됐든 간에.

보영의 말대로 그들은 변했다. 이상적이었던 삼각 구도는 일그러졌고 관계는 깨졌다.

보영이 없는 그 짧은 시간 동안 미래가 느낀 것은 지독한 질투였다. 보영이 없는 동안, 치한은 끊임없이 보영에 대해 말했다.

─보영 지금 뭐 하고 있을까? 분명 도서관에서 졸고 있을 거야. 왜 문자가 없지? 연락 올 때 됐는데. 뭐 먹었을까? 배고플 텐데. 걔 자주 먹어야 되잖아. 물어봐야지. 하하하하. 답장 뭐라고 보냈는지 알아? 보영 정말 엉뚱하지? 보영, 보영…….

아, 치한은 나보다 보영을 더 좋아하는구나. 우린 똑같이 좋아하는 사이가 아니었구나.

그게 보영이 없는 동안 미래가 알게 된 진실이었다.

보영을 향한 우정이 살의에 가까운 질투로 변했을 때 요한이 접근해 왔다.

요한의 전시회에서였다.

─언제가 좋을까?

─그런 말도 안 되는 걸 누가 한다고.

미래의 말에 요한은 가늘게 웃으며 말했다.

—사실은 이미 믿고 있잖아.

그 말에 미래는 참지 못하고 뛰쳐나갔다. 요한의 말은 맞았다. 미래는 괴담을 믿고 있었다. 믿고 있을 뿐만 아니라 괴담이 실행되는 상황을 머릿속으로 수없이 상상해 왔었다. 그런 자신이 새삼 너무나 무서워 도망칠 수밖에 없었다. 그랬는데,

결국은 여기다.

미래는 자신들을 향해 웃음 짓고 있는 요한을 노려보았다.

—이 괴담이 왜 재미있는지 알아? 누가 사라지든, 남는 아이는 첫 번째 아이가 된다는 거야.

그러고 보면 처음 괴담을 들려준 것도 요한이였다. 그리고 그들의 사이가 틀어진 틈을 교묘하게 눈치채고 다시 접근해 온 것이다.

요한은 왜 그들 틈에 끼어드는 걸까?

치한이 미래의 손을 잡는다. 커다랗지만 길고 매끈한 손가락들. 너는 왜 작은 부분까지도 아름다운 걸까. 미래는 지그시 눈을 감는다.

내가 사라지면 어떡하지?

공포로 손끝이 떨려 온다. 미래의 손을 잡은 치한이 손을 고쳐 잡으며 깍지를 껴 온다. 손가락과 손가락이 얽혀 든다.

어느 쪽이든 멈출 수 없다. 나는 이 지긋지긋한 삼각관계를 끝

내야만 하니까. 하지만…….

결자해지.

그러니 제발 네가 없어져 줘, 보영아.

처음 셋이서 사귀자는 얘길 꺼낸 건 엉뚱한 보영이였다.

—나는 너도 너무 좋고, 치한도 너무 좋아. 우리 같이 사귈까?

미래는 말도 안 되는 얘기라 생각했다. 사실, 치한을 좋아하는 여자아이는 그 둘만이 아니었다. 그런데도 보영은 마치 치한 때문에 자신들의 우정이 갈라질 위기에 놓이기라도 한 것처럼 심각했다. 정작 치한은 그 둘에게 관심도 없었는데 말이다.

보영이 미래를 끌고 비장한 얼굴로 치한에게 다가가 고백할 때만 해도, 치한이 미친 애들 취급이나 하지 않으면 다행이라 여겼다. 그런데 치한은 말했다.

—좋아.

치한은 그때 이미, 보영에게 반한 건지도 모른다.

—우리 같이 사귀자. 재미있을 것 같아.

치한이 미래를 보며 말했다. 예상치 못한 전개였지만 미래는 망설이지 않았다. 단짝 친구와 좋아하는 사람을 공유하고 싶다는 건 사실 핑계였다. 미래는 자신이 얼마나 평범한지 잘 알고 있었다. 트리플이라는 기괴한 형태가 아니라면, 평범한 자신과 치한이 사귀는 일은 결코 일어날 수 없다는 것 또한 잘 알고 있었다. 치한이라는 존재를 혼자 차지한다는 것은 꿈속에서나 가능한 일이니까. 하지만 점점 치한은 가까워졌고, 가까워지는 만큼 욕심이 생겨났다.

처음부터 요한은 그 모든 걸 알고 미래에게 접근한 건지도 모른다.

"재수 없어."

보영과 미래가 요한을 향해 동시에 중얼거린다.

재수 없는 남자, 요한이 입을 연다.

"트라이앵글이네. 우리 서 있는 위치. 트라이, 트라이, 트라이앵글."

장난스럽게 말하곤 요한은 사진기에 포커스를 맞춘다. 요한의 말처럼 위에서 내려다본 그들의 구도는 삼각형을 닮았다.

"자, 하나, 둘, 셋. 치즈."

카메라에서 플래시가 번쩍이는 순간, 앵글 안에서 하나가 사라졌다.

정말, 예술적이란 말이야.

요한이 카메라 렌즈에 눈을 박은 채 말한다.

"하나, 둘, 셋⋯⋯ 꼭짓점만 남았네. 진짜 트라이앵글인데?"

표정은 개가 예술인데.

요한은 사진을 들여다보며 입맛을 쩝 다셨다. 요한은 캔버스 위에 사진 속 아이들의 표정을 옮겨 담고 있다.

아무리 봐도 지금 사진은 예전에 찍었던 지연의 사진에 못 미친다.

지연을 처음 만난 건 일 년 전, 초여름이었다.

요한에게는 오랜 습관이 있었다. 누군가를 사라지게 하고 난 일주일쯤 뒤, 꼭 다시 연못을 찾았다. 범죄자가 자신이 범행을 저지른 곳에 다시 오게 되는 심리와 비슷했다. 둘이 왔던 장소에 혼자 와 추억을 되새기듯, 그 시간을 머릿속에서 재현하는 행위. 그건 습관이라기보다는 의식에 가까웠다. 연못을 찾는 요한의 기분은 가벼운 산책과 다를 바 없었지만. 요한은 그 장소를 무척 좋아하기도 했으니까.

끊어진 다리.

전망대라는 건, 어떻게 보면 끝까지 이어지지 못하고 중간에 끊어져 버린 다리 같다. 연못 한가운데서 끊긴 다리는 그 끝에 이르면 왠지 뛰어내려야 할 것 같은 충동을 불러일으킨다. 한가운데, 즉 정점에서 가라앉는다는 건 꽤 그럴듯해 보이니까. 그러니 사라지기에 딱 좋은 장소지. 요한에게 전망대는 더 바랄 게 없을 정도로 완벽한 무대였다.

그날도 요한은 의식을 행하기 위해 혼자 연못을 찾았다. 그런데 여자아이 하나가 전망대 끝에 서서 연못을 들여다보고 있었다. 난간 위에 허리를 걸친 위태로운 모습으로. 요한은 밀어 버리고 싶은 충동을 느꼈지만, 실제로 범죄자가 되고 싶은 마음은 없었으므로 그저 조용히 다가갔다. 여자아이의 위태로운 모습에 호기심이 일었던 것이다. 그리고 그 애와 마주한 순간 알게 되었다. 알아보았다는 게 더 정확한 표현일 것이다.

이 아이도 괴담의 주인공이라는 것을.

그리고 요한의 무대인 이 연못을 공유하게 될 거라는 것도.

요한은 오랫동안 '연못 위에서 첫 번째 아이와 두 번째 아이가 사진을 찍으면 두 번째 아이가 사라진다.'는 괴담 속 주인공으로 살아왔다. 하지만 지연을 만난 그 순간부터 그의 위치는 조금 달라졌다. 그건 분명 그의 선택이었지만, 지금 생각해 보면 뭔가에 이끌려 그런 결정을 내린 기분이다.

지연이라는 자신의 닮은꼴을 본 순간, 그는 보고 싶어진 것이다. 그가 했던 일을 한 걸음 떨어져 관찰하고 싶어진 것이다.

"찍고 싶어."

요한의 말에 지연은 표정 변화 없이 눈만 치켜떠 그를 보았다. 요한을 바라보는 지연은 완벽했다. 클래식한 분위기에 피가 없는 것처럼 하얀 피부, 얼어붙을 것처럼 차가운 표정, 가느다란 갈색 머리카락. 마치 괴담의 주인공이 되기 위해 존재하는 것 같은 아이였다. 요한은 미치게 그리고 싶어졌다.

"네가 마술을 부리는 순간을 말이야."

지연은 차가운 표정 그대로, 대꾸도 없이 요한을 무시하고 걸어갔다. 하지만 얼마 안 있어 지연은 연못으로 찾아왔고, 요한을 만났다.

다시 돌아온 지연은 눈에 띄게 수척해 있었고, 불안해 보였다. 또다시 괴담이 지연에게 찾아온 것이다.

결국, 그들은 같은 무대에 서기로 했다. 요한은 괴담 속 지연을 보고 싶어 했고, 지연에게는 그녀의 불안을 나눠 짊어질 공범이 필요했으니까.

요한이 처음 찍은 건, 지연과 지연의 동생이었다.

하나, 둘, 셋. 찰칵. 여느 때처럼 동생은 흔적도 없이 사라졌다. 그리고 그 동생이 이 세상에 존재했다는 사실을 지연과 요한은 함께 공유하게 되었다. 그게 어떤 것이든 세상에서 자기 혼자만 알고 있다는 건 무서운 일이다. 그렇게 그들은 서로를 품어 주는 공범이 되었다.

하지만 그들이 호흡을 맞춘 환상적인 마술은 그것으로 끝이었다.

지연은 또다시 숨어 버렸다. 그런 지연이 5월, 다시 요한을 찾아왔다. 그들의 첫 작품 이후로 거의 일 년 만이었다. 지연의 부름에 요한은 흥분할 대로 흥분해 있었다. 하지만 두 번째 기회는 오지 않았다.

서인주.

그 아이가 망쳐 놨다.

그들이 두 번째 타깃으로 잡은 서인주는 사라지지 않았다. 마술이 일어나지 않은 것이다. 요한이 약속 장소에 도착하기 전에 서인주는 이미 죽어 있었다.

두 번째 타깃, 두 번째 아이 서인주. 그리고 보면 두 번째라는 것 자체가 불길한 징조였다. 두 번째, 요한이 지독하게 싫어하는 말이다. 그것만큼 열등감을 자극하는 말은 없을 테니까.

도대체 무슨 일이 있었던 것일까?

정말 단순한 자살이었을까? 하지만 연두라는 아이는 왜 그곳에서 나온 거지? 그 둘이 무슨 일을 꾸민 걸까? 하지만 지연이 왜?

그날, 요한은 지연과의 약속을 위해 연못 쪽으로 가고 있었다. 그러다 연두가 샛길에서 나오는 것을 보게 되었고, 요한은 서인주의 얼굴을 알지 못했으므로 연두를 서인주라고 착각했다. 뭔가 일이 틀어졌다는 느낌을 받은 요한은 다급하게 연못으로 뛰어갔다. 지연은 보이지 않았고, 보조 가방만 덩그러니 놓여 있었다. 순간적으로 요한은 서인주가 지연을 물에 빠뜨렸다고 판단했고 휴대폰을 켜고 신고했다.

그리고 지연은 그 이후로 다시 요한을 피하고 있다. 요한은 호기심을 누르지 못하고 연두라는 아이의 주변을 살폈지만, 어떤 것도 알아내지 못했다.

그러다 타깃으로 들어온 게 미래다. 지금 몹시 괴담을 필요로

하는 인물. 게다가 동생의 여자 친구 중 하나. 재미있겠는데. 한 마디로 그 엽기 트리플은 심심풀이로 찍어 준 거다. 하지만 진지하게 임하지 않아서 결과물도 탐탁지 않다. 게다가 찜찜하기까지 하다.

트리플은 깨지고, 트라이앵글이 완성됐다.

말은 그럴듯하지만 기분은 나쁘다.

요한의 예상대로라면 셋 중 둘이 사라졌어야 했다. 하지만 하나만 사라졌다. 삼각형이 사라지지 않았다.

요한은 사진을 들여다보다 붓을 집어 던져 버렸다. 아무리 봐도 표정이 주인공감이 아니다. 멍청하기만 한 표정.

구도도 영 마음에 들지 않는다. 가운데 있던 치한이 없어졌다면 좀 더 극적인 장면과 표정을 이끌어 내지 않았을까. 그렇다고 요한이 딱히 동생이 사라지길 원했던 건 아니다.

사라진 인물에겐 미안하지만 이번 작업은 실패다.

지연을 만나야겠다.

요한이 일어나려다 다시 앉는다. 조급하게 굴어 봤자 지연이 스스로 찾아오지 않는 이상은 소용이 없다. 통학로에서 만났을 때도 지연은 살인마라도 본 듯한 얼굴로 달아났다. 같은 주인공끼리 그런 표정은 너무하잖아. 쩝. 요한이 입맛을 다시며 다시 붓을 잡는다. 동생이 사라진 순간의 지연을 그린 그림이 호평을 받고 있다. 기계적인 터치에서 야성적 터치를 찾았다나 어쨌다나.

완벽하다고 극찬할 땐 언제고 기계적이라니. 칭찬을 빙자해 까고 있다, 시발. 그러니 이젠 예전에 그렸던 방식으로 돌아갈 수도 없다. 성에 차지 않아도, 비슷한 연작을 내놓아야만 한다.

요한의 머릿속에서 지연이 떠나질 않는다.

돌이켜 보면, 지연을 만난 건 불길한 징조였다.

지연을 만난 이후로 요한은 어딘가 위험한 위치에 내몰린 기분이다. 그도 그럴 것이 사람이 죽었다. 마술이 아닌 죽음. 삼류 스캔들 따위엔 휘말리고 싶지 않다. 하지만 점점 빠져드는 자신을 제어할 수가 없다.

그 계집애들 정말 뭐지? 무슨 짓을 한 거지?

어쨌든 지연은 곧 요한을 찾아올 것이다. 트라이앵글의 꼭짓점이 하나 더 남아 있으니까. 연두라는 꼭짓점이.

3부

배경 속으로

괴담이 오는 순간

─나와.

연습을 시작한 지 한 시간도 되지 않았는데, 연지에게서 문자가 왔다. 연두는 문자를 무시하고 연습을 계속했다.

연지 때문에 흐트러진 분위기를 다시 정돈한다. 연두는 똑바로 서서 가슴을 펴고 숨을 한껏 들이마셨다. 그다음은 들이마신 숨에 힘을 실어 줄 차례다. 배에 힘만 주면 될 것 같지만 그렇지 않다. 성악은 온몸을 이용하는 연주다. 게다가 호흡과 소리를 연결해 제대로 된 연주를 하는 일은 결코 쉬운 일이 아니다.

─등에 호흡을 넣어야지.

연두의 레슨 교수가 늘 하는 잔소리다.

그렇게 막연하게 얘기하면 어떻게 알아먹으라는 건지. 당신은 이번 다큐에서 당연히 악역이야. 그나마도 '위기' 상황에서 잘리는 신세지만.

연두는 레슨 교수의 인색한 얼굴을 떠올리며 쓴웃음을 지었다.

연두는 언젠가 음악 선생이 했던 말을 떠올리며 다시 등에 힘을 실었다. 머리를 모아 뒤로 잡아 묶듯이, 어깨에서부터 엉덩이까지 이어지는 근육을 이용해 호흡을 잡는다.

머리카락을 잡아 묶듯이, "등에 호흡을 넣어"라는 식의 말보다는 확실히 격이 떨어지는 표현이다. 하지만 훨씬 도움이 된다. 여학생이라면 머리카락을 잡아 묶는 게 어떤 감각인지 생생하게 알고 있으니까. 그 감각으로 등 근육을 긴장시키면 어느새 호흡에 적당한 압력이 생긴다. 이런 걸 보면 음악 선생은 확실히 실력이 있다. 재수는 없지만.

"아—."

연두가 호흡에 힘을 실어 소리를 낸다. 소리가 이어지면서 노래가 흘러나온다.

"베, 마리—아."

하지만 한 소절을 채 부르기 전에 마음이 흐트러지고 만다.

—그거 알아? 우리 엄마가 움직이기 시작했다는 거.

무슨 뜻일까? 지연이 그 말을 한 이후로, 연두는 불안에 떨어야 했다. 선생에게 돈 봉투라도 내민 걸까? 하지만 그 정도로 정말 뭔가가 바뀔까? 지연에 대해 잘 알지 못하는 연두로서는 그게 어떤 것인지 상상할 수 없었다. 다만, 이 모든 노력이 물거품이 되어 흩어져 버릴지도 모른다는 불안이 연두를 압박했다.

휴대폰이 요란하게 울린다. 연지다. 안 그래도 집중이 안 되는 판에, 툭하면 독촉 전화다. 엄마 대신 겨우 한 번 기다려 주면서.

수경은 요즘 방송을 앞두고 정신없이 바쁘다. 소박한 밥상을 차리기 위해 공부하고, 아늑한 가정의 상징인 엄마표 소품을 만들기 위해 바느질까지 하고 있다. 모든 게 자신을 위한 거라는 걸 알지만 연두는 짜증이 치민다.

이럴 거면 차는 뭐하러 산 거야?

전화를 받지 않자, 문자가 온다.

─안 나오면 먼저 갈게.

최후통첩이다. 연두는 한숨을 쉬며 가방을 챙겨 들었다.

현관으로 나오니, 연지가 뚱한 얼굴로 서 있다. 왜 이 애는 언니를 위해 두 시간도 채 기다릴 수 없는 걸까? 인생이 결정될 정도로 중요한 시기인데도.

연두는 씁쓸한 마음을 삭이며, 연지에게 다가섰다. 연지가 연두를 빤히 바라본다. 누가 봐도 싫어한다는 감정이 가득 담긴 시선이다.

"왜?"

왜 그렇게 봐.

연두가 불쾌한 듯 묻자, 연지가 뜬금없이 말한다.

"괴담 들었어? 연못 위에서 셋이 사진을 찍으면……."

"왜? 이번엔 가운데 애가 사라지기라도 해?"

연두가 빈정거리자 연지가 피식 웃는다.

"아니. 셋이 사진을 찍으면……."

연지가 걸어가며 흘리듯 말을 잇는다.

"……재수가 없어."

"뭐?"

무슨 말 같잖은 소리야?

그런데 갑자기 연지가 걸음을 멈춘다. 딱딱하던 얼굴이 부드럽게 풀어지고 살짝 홍조까지 띠고 있다.

왜 저러지?

연두가 의아해하는데, 뒤뜰 쪽에서 남자아이 하나가 걸어온다. 멀리서 봐도 넓은 어깨에 비율이 좋은 스키니한 몸매. 치한이다. 연지는 다가오는 치한을 보고 설렌 것이다.

연지도 저런 면이 있구나 싶어, 조금 귀엽다는 생각이 든다. 하지만 그와 동시에 주제를 모르는 꼴이 우습다.

"A급, 이제 가냐? 너 스토커 있다는 거 다 뻥이지?"

"넌 왜 이제 가? 여자 친구는 어떡하고?"

"걸프렌드는 이미 학원 앞까지 바래다드리고 오는 길이거든."

"흥, 그래?"

치한이 연지 쪽을 힐끗 보자, 연두가 묻지도 않은 말에 답을 한다.

"동생."

그 말을 듣는 순간, 치한이 자지러지게 웃는다. 연두와 연지의 상이하게 다른 외모가 이 방정맞은 남자아이의 웃음보를 건드린 것이다. 미녀와 추녀. 추녀의 얼굴이 상처로 얼룩지고 있는 것도 모른 채 눈치 없는 치한과 쿨한 연두는 그들만의 대화를 나눈다.

"바래다주고 왜 다시 왔어?"

"이거."

치한이 왼손을 펼쳐 보인다. 가운뎃손가락과 넷째 손가락에 반지가 하나씩 끼워져 있다.

"하나 잃어버렸었거든. 찾으러 갔다 왔지."

"어디에?"

"연못, 전망대 위."

치한의 얼굴이 어두워지지만 빠르게 밀려드는 어둠 때문에 보이지 않는다. 치한이 다시 명랑한 얼굴을 하며 말한다.

"너도 하나 가질래?"

"이거 네 여자 친구랑 커플링 아냐?"

"응. 걔도 있어."

"뭐? 그럼 반지가 세 개야? 반지를 왜 세 개나 샀어?"

순간, 치한의 눈빛이 흔들린다. 하지만 이내 단순하게 말한다.

"너 주려고 그랬나 보지."

아무렇게나 내뱉는 치한의 말에, 연두의 얼굴이 붉어진다. 불안하게 느껴질 정도로 가슴이 뛴다.

"나랑 사귀자는 뜻이야?"

"응."

"여자 친구는 어쩌고?"

"걔도 같이."

"뭐?"

"싫음 말고."

치한이 발길을 돌리려는 순간, 연두가 말한다.

"생각해 볼게."

자신이 말해 놓고도 흠칫, 놀란다. 그래도 이게 솔직한 감정이다.

알아서 떨어져 나가겠지.

그림처럼 잘 어울리는 치한과 연두 옆에 초라하게 서 있는 미래. 결국 견디지 못하고 떨어져 나갈 것이다.

연두의 머릿속에서 빠르게 계산이 오간다. 애초에 치한과 미래는 어울리지 않았다. 아이돌 스타에 가까운 치한이 미래처럼 평범한 여자아이와 일 년 넘게 사귄 것 자체가 신기한 일이다. 덕분에 치한과 미래 커플은 이 학교를 대표하는 미스터리 중 하나가 되었다.

"왜 셋이야?"

연두가 반지를 받아 들고 묻는다.

"왜 셋이서 사귀고 싶은 거냐고."

연두가 다시 묻는다. 미래와 헤어지고 싶어서 연두를 끌어들이는 건 아닌 것 같다. 치한 같은 성격이라면, 사귀자는 말처럼 헤어지자는 말도 쉽게 할 수 있다.

치한이 입을 열었다.

"재미있잖아."

재미있잖아?

간단하다.

치한이 가볍게 돌아선다. 치한은 누구에게도 진지하지 않다. 그건 연두에게도 마찬가지다. 연두는 치한 때문에 자신이 받을지도 모르는 상처를 빠르게 계산한다. 쿨하게 치한의 뒤통수에 반지를 집어 던져 버리라는, 답이 나오지만, 그러지 못한다. 사람을 좋아하는 감정은 그렇게 간단하게 정리될 수 없다.

연두가 반지를 가운뎃손가락에 끼우며 돌아서는데, 연지가 없다. 먼저 가 버린 것이다. 연두는 건물 뒤로 돌아, 돌계단을 빠르게 올랐다. 멀리 연지가 보인다. 연두는 연지의 등을 향해 걸음을 재촉했다.

바스락.

등 뒤에서 소리가 들렸다. 돌아보지만 어둠에 잠긴 수풀만 보인다. 연두의 걸음이 더 빨라진다. 하지만 연지는 좀처럼 가까워지지 않는다. 누가 뒤에 붙어 걷고 있는 것만 같은 기분에 뛰기 시작한다. 숨이 찬다. 목이 따갑다.

"기다려……. 같이 가."

연지는 돌아보지 않는다.

제발! 스토커가 따라오고 있는 것 같단 말이야.

연지를 향한 원망이 목 안 가득 차오르는 순간, 누군가 연두의 팔을 잡았다.

"꺅!"

연두가 소스라친다.

"나야."

연두의 팔을 잡은 상대가 싱긋 웃는다. 연두가 넋이 나간 얼굴로 숨을 몰아쉰다.

"……아."

연두는 홀린 듯 여자아이를 본다. 누구일까? 아는 사이인가? 하지만 지금은 그런 게 전혀 중요하게 느껴지지 않는다. 여자아이가 연두의 손을 잡아끌자, 연두는 말 잘 듣는 아이처럼 순순히 벤치로 가 앉는다. 가로등 아래서 보니, 여자아이의 얼굴이 온통 눈물로 번들거린다.

여자아이는 연두의 시선을 피해 고개를 숙이더니, 버릇처럼 팔찌를 잡아 뜯는다. 아니, 자세히 보니 피부가 눌린 자국이다. 끈으로 꽉 묶거나 조르기라도 한 것처럼 손목 둘레에 보라색 긴 자국이 그어져 있다.

어디서 본 것 같아. 어디서 봤을까?

"너한테 해 줄 말이 있어."

여자아이가 입을 뗀다.

"연못 위에서 첫 번째 아이와 두 번째 아이가 사진을……."

"두 번째 아이가 사라진다."

"맞아."

"괴담?"

"응. 괴담."

연두는 김이 빠졌지만 여자아이의 다음 말을 기다렸다.

"그 괴담 진짜야."

여자아이가 고개를 숙인 채 속삭였다.

"너도 믿게 될 거야. 내가 이렇게 찾아왔으니까."

연두는 순간, 섬뜩한 기운을 느끼고 팔을 쓸었다. 바람도 불지 않는데 여자아이의 짧은 머리카락이 흔들린다. 여자아이가 고개를 들며 말했다.

"내가 괴담을 들려줄게. 네가 주인공인."

"기분이 이상해."

여자아이의 얘기가 끝나고 나자 연두가 겁먹은 목소리로 말했다.

"난 예전부터 그 괴담을 알고 있었는데, 처음으로 알게 된 것 같은 기분이야."

여자아이는 낮은 소리로 웃었다. 연두는 그 낯선 웃음소리가 귓속 깊이 울리는 것 같아 진저리를 쳤다. 오싹한 기운을 떨쳐 내기 위해 연두가 화제를 돌린다.

"넌, 어떻게 알게 됐어? 괴담 말이야."

여자아이가 습관처럼 손목 둘레를 쥐어뜯는다.

"누가 들려줬냐고?"

화제를 돌리기 위해 한 질문에 어느새 몰입해 있다. 알 수 없는 불안감이 연두를 몰아치는 것만 같다. 연두와는 대조적으로 여자아이는 담담하다.

피부에 냉기가 스며드는 듯 반팔 아래로 드러난 맨살에 소름이 인다.

"괴담이란 그 괴담을 필요로 하는 아이에게 찾아와, 마치 귀신처럼. 살아 움직이는 거야. 그렇게 주인공이 될 아이의 귀에 슬며시 흘러드는 거지. 지금처럼 말이야."

지금처럼?

갑자기 어둠이 확 쏟아져 내리는 것 같은 감각에 벌떡 일어섰다.

너무 어둡다.

연두는 얼른 휴대폰을 꺼내 들여다봤다.

열한 시?

언제 이렇게 시간이 간 거지? 내가 왜 여기 앉아 있는 거지? 주위는 앞을 분간하기 힘들 만큼 어두워져 있고, 오가는 사람도 없다. 드문드문 떨어진 흐린 가로등 불에 의지해 도망치듯 뛴다.

어두워. 너무 어두워.

통학로를 벗어나자, 갑작스럽게 앞이 환해졌다. 상점과 주택가의 불빛이 환하게 빛나고 있다. 뒤를 돌아보자 대학 건물이 보인다. 그 뒤로 빛이 들지 않는 내장 속처럼 지독하게 어두운 산길이 구불구불 이어져 있다.

저 안에 누군가 있는 것 같다. 내가 잘 아는. 하지만 그게 누구지?

"뭐야, 귀신한테 홀린 것처럼."

연두는 꺼림칙한 기분을 떨쳐 내려, 발을 구르며 버스를 기다렸다. 순간, 무심코 지나쳤던 의문 하나가 떠올랐다.

—A급, 이제 가냐? 너 스토커 있다는 거 다 뻥이지?

스토커…… 누구한테도 말한 적 없는데.

치한이 어떻게 알고 있는 거지?

그런 얘길 할 만큼 신뢰하는 친구는 없다. 스토커 얘길 알고 있는 건 가족뿐이다.

불만 가득한 연지의 얼굴이 떠오른다.

거기까지 생각이 미치자 납득이 간다. 연지라면 가능하지. 연지가 고의로 흘린 말이 치한에게까지 흘러간 것이 분명하다. 소문이라는 건 그런 거니까.

연두는 의문을 쿨하게 넘기고 버스에 올랐다. 하지만 동생을 향한 원망은 집요하게 담아 두었다.

다 연지 때문이다. 스토킹 소문도, 공포에 쫓긴 것도, 귀신에 홀린 것 같은 기분이 드는 것도, 모든 게 연지 때문이다. 게다가 다큐 촬영 때도 친척 집에 가지 않겠다고 고집을 부리고 있다. 망쳐 버리려는 거다. 미워하는 언니의 날개를 부러뜨리고 싶어서. 결국은 모든 걸 망쳐 놓겠지, 그대로 둔다면.

—……두 번째 아이가 사라진다.

그래. 두 번째 아이들은 사라져야 해. 그들이 첫 번째 아이를 없애고, 첫 번째 아이가 되기 전에.

연못 위에서 첫 번째 아이와 두 번째 아이가 사진을 찍으면 두 번째 아이가 사라진다는 이야기. 거짓말 같은 이야기. 하지만 분명한 진실.

이제 곧 괴담이 펼쳐질 거야. 내가 주인공인 괴담이.

희미한 의문이 떠오른다.

내가 이 모든 걸 어떻게 알게 된 걸까? 이렇게 선명하게.

하지만 그런 의문 따윈 접어 둔다.

어쩌다 알게 됐겠지. 괴담이란 그런 거니까.

연두의 눈이 굳은 의지로 반짝인다.

엄마는 말했다. 강한 의지만 있다면 어떤 시련도 이겨 낼 수 있다고. 꿈을 향해 뛰어가는 사람을 가로막는 시련이 있다면, 그 시련을 없애면 되는 거다.

프리마돈나와 세콘다돈나

〈밤의 여왕〉은 없다.

〈밤의 여왕〉이라는 오페라는 없다. 그러므로 〈밤의 여왕〉 속 프리마돈나는 존재할 수 없다.

지연은 음악실에 앉아 가만히 연주에 귀를 기울였다. 이어폰 속에서 「아, 가 버린 사랑이여」가 흘러나오고 있다. 〈마술피리〉 속 파미나가 부르는 아리아다. 남자 주인공의 사랑이 변한 줄 착각한 여자 주인공이 부르는 아름다운 곡이다.

모차르트의 오페라 〈마술피리〉에는 아름다운 아리아뿐만 아니라 이중창, 합창, 서곡 등 주옥같은 곡들이 넘쳐 난다. 정말이지 밤의 여왕만 없었다면 완벽했을 텐데.

지연은 늘 감미롭게 노래하는 파미나의 목소리에서 증오를 느꼈다. 주인공을 빼앗긴 주인공의 증오를.

〈마술피리〉의 주인공은 공주인 파미나다. 하지만 사람들이 기억하는 건 공주의 엄마인 밤의 여왕이다. 오페라 제목을 '밤의 여왕'으로 알고 있을 정도로.

밤의 여왕을 떠올릴 때면 백설공주에게 독 사과를 먹인 왕비의 이미지가 겹쳐진다. 주인공이 되기 위해서 자신의 딸마저도 죽일 수 있는 매정한 엄마.

〈마술피리〉는 밤의 여왕이 활개 치는 이야기가 아니라, 아름다운 공주를 구하기 위한 왕자의 모험 이야기다. 악당으로 오해받지만, 실은 선한 존재인 자라스트로와 공주의 엄마지만 악한 존재인 밤의 여왕은 극적인 상황을 연출하기 위해 존재하는 주변 인물일 뿐이다.

그러니 밤의 여왕은 프리마돈나, 첫 번째 여자가 아닌 세콘다돈나여야만 한다. 세콘다돈나, 두 번째 여자로 있어야만 한다. 하지만 밤의 여왕이 가진 카리스마가 파미나라는 존재를 압도해 버렸다. 2막의 오페라에서 단 두 곡의 아리아를 부를 뿐인데도, 전체의 분위기를 뒤흔들어 버리는 것이다.

지연이 밤의 여왕을 증오하게 된 건 인주 때문이었다.

그래. 모든 게 다 너 때문이지.

인주는 밤의 여왕이 부르는 아리아들을 흥얼거리고 다닐 만큼 밤의 여왕을 유독 좋아했다. 물론 흉내만 내는 정도였다. 그 아리아들은 아무나 부를 수 있는 곡이 아니니까. 주제도 모르고 그런 곡을 부르고 다니다간 목이 망가져 버리고 만다.

밤의 여왕은 소프라노들에게 가장 어려운 역이라 해도 과언이 아니다. 밤의 여왕을 맡는다는 것 자체가 이미 최고란 의미이기도 했다. 하지만 고난도의 테크닉이 필요한 만큼 자칫하면 기교적인 음의 향연으로 끝날 수도 있기 때문에 더욱 어려운 역할인 것이다.

사실 인주는 오랫동안 성악을 해 온 지연이 질투를 느낄 만한 상대가 아니었다. 테크닉은커녕 기본기도 제대로 잡혀 있지 않은 애송이에 불과했다. 하지만 인주의 목소리만은 이제껏 밤의 여왕을 노래한 어떤 소프라노보다도 그 역에 잘 어울렸다.

물론 불필요한 열등감이라는 건 지연 스스로도 잘 알고 있다. 지연의 감미로운 목소리로는 밤의 여왕을 노래할 수 없으니까. 한 사람의 소프라노가 모든 역을 소화할 순 없다. 지연이 밤의 여왕을 노래할 수 없듯, 인주 역시 지연이 부르는 파미나 공주를 흉내 낼 수 없다. 하지만 인주는 시간이 갈수록, 밤의 여왕의 이미지를 덧입고 지연을 압도해 왔다.

날이 갈수록 조금씩 성장해 나가는 인주의 노래가, 지연을 괴롭혔다. 지연은 이제껏 많은 아이들을 만나 왔다. 그들은 하나같이 열심히 노래했다. 하지만 인주만큼 행복하게, 절망적으로 노래하는 아이는 없었다. 그 연주의 울림을 어떻게 설명할 수 있을까. 노래를 할 때면 인주의 얼굴은 환하게 빛났다. 그 순간만큼은 누구도 부인할 수 없었다. 인주가 주인공이라는 사실을.

나는 노래를 좋아하는 걸까? 정말 노래를 행복할 정도로 좋아하는 걸까?

한 번도 의심해 본 적이 없던 질문이었다. 지연은 언제든지 대답할 수 있었다.

나는 노래가 정말 좋아. 나는 노래를 부르면 정말 행복해. 나는 노래 없이는 못 살아.

하지만 의심하게 되었다.

그건 학습된 열정은 아니었을까? 스스로에게 건 최면은 아니었을까? 최고가 되기 위해, 좋아한다고, 행복하다고 스스로를 속이고 있었던 건 아니었을까?

지연은 마음을 다잡았다. 어쩌면 잠깐의 혼란이었을지도 모른다.

나는 노래 없이는 못 살아.

너에겐 행복일지 몰라도, 나에겐 운명이야.

살아 있는 한은 놓을 수 없다.

지연은 성악을 포기한다고 말하는 순간의 엄마 표정을 상상한다. 밤의 여왕을 닮았다. 웃음이 난다. 물론, 엄마가 아니라도, 포기할 마음은 없다.

난 재능이 있어.

지연은 인주에게는 없는 뛰어난 음감을 가지고 있다. 음악을 하는 아이들에게 있어 그것보다 절대적인 재능이 있을까?

아주 어릴 적, 재능을 찾아 헤맨 시기는 악몽에 가깝다. '내가 뭘 잘할까? 내가 뭘 잘할 수 있을까?'라는 공포에서 겨우 빠져나왔다. 이제 노래가 아닌 다른 것은 용납할 수가 없다. 그러기엔 너무나 많은 아이들이 사라졌다.

"하나, 둘, 셋, 넷……."

소리 내 헤아리려 보다 그만둔다. 의미 없는 계산이다. 어차피 그들은 다 사라졌으니까.

─아─름다운가 파─랗게 흩어져 가는, 나는 아─름다운가─.

서인주의 노랫소리다. 사라지지 않은 한 명의 아이.

서인주의 노래는 여전히 사라지지 않고, 이 교실을 압도하고 있다. 지연은 이를 악문다. 잇새로 고통스러운 목소리가 흘러나온다.

"네가 모든 걸 망쳐 놨어."

너는 왜 사라져 줄 수 없었어? 왜?

원망이 목구멍 끝까지 차오른다. 서인주의 노래는 계속된다. 이 노래 속에서 인주는 주인공이다.

─아─름다운가 파─랗게 흩, 어, 져, 가는, 나는 아─름다운가─.

인주의 노래가 음악실을 가득 채우고 있다. 지연은 물속에 잠긴 사람처럼 허우적거리다 서서히 그 속에 녹아든다. 그리고 그 노래 속에서 지연도 주인공이 된다.

볼이 축축하다. 지연의 눈에서 눈물이 흘러내리고 있다.

얼음 위에 벌거벗고 서 있는 것처럼 피부가 따갑다. 살 비늘 하나하나가 곤두서는 것 같은 감각이 온몸을 지배한다. 전율.

그런 감상 따위, 인정할 수 없다.

"불안한 고음. 부정확한 발음. 이따위 노래!"

지연은 눈물을 닦고, 벌떡 일어섰다. 그 기세에 눌려 인주의 노래가 흔적도 없이 흩어져 버린다.

"넌 아무것도 아니야."

지연의 다짐이 텅 빈 음악실에 공허하게 울려 퍼진다.

지연은 한참을 초라하게 서 있었다. 관객이 다 떠난 무대 위 주인공처럼.

빠득.

순식간에 분위기가 바뀐다. 누군가 오고 있다.

지연의 예민한 귀가 그 발소리가 누구의 것인지 알아차린다. 지연이 문을 응시한다.

문이 열리고 연두가 등장한다. 지연의 시선을 맞받으며 연두가 다가온다.

"본론만 말할게. 바쁘니까."

또박또박 말을 내뱉는 연두의 입술을 지연이 흥미롭게 바라본다. 연두의 목소리 톤이 평소보다 높다. 아주 미세한 차이지만 지연은 느낄 수 있다.

난 타고난 음감의 소유자니까.

지연의 얼굴에 어느새 생기가 돈다.

"너희 엄마가 움직이기 시작했다는 게 무슨 뜻이야?"

지연은 대답 없이 웃는다. 연두는 어깨를 으쓱하더니, 다시 또박또박 말한다.

"내일 아침, 아니지, 오후가 좋겠다. 연못으로 나와. 할 말이 있거든."

"괴담?"

지연의 물음에 연두가 움찔한다.

"그래. 괴담."

연두가 조금 걱정스러운 얼굴로 묻는다.

"나올 거지?"

"물론."

지연이 웃으며 말을 잇는다.

"당연하지."

걸려들었군.

지연이 뒤돌아 나가는 연두의 뒤통수를 향해 미소 짓는다.

왜 두 번째 아이들은 항상 스스로 걸려드는 걸까? 시시하게 말이야.

미소 짓는 지연의 입이 점점 벌어진다. 지연이 치아를 드러내고 활짝 웃는다. 지금 지연의 모습은 어딘가 밤의 여왕을 닮았다.

"아, 아, 아, 아—."

지연이 시원하게 발성을 하고 노래를 부른다.

"아—름다운가 파—랗게 흩어져 가는, 나는 아—름다운가—."

굳었던 목이 거짓말처럼 풀어졌다. 음정도 호흡도 모든 게 안정적이다. 최상의 컨디션이다.

우습게도 연두의 악의가 지연의 목을 낫게 했다. 인주의 죽음 이후로 지연은 제대로 된 노래를 할 수가 없었다. 심리적인 문제로 발성 기피증과 음정 통제 불능증에 시달렸었다. 하지만 지금 지연은 생기가 솟아나는 걸 느꼈다. 연두가 가진 것과 똑같은 종류의 생기가.

사람은 참 이상해. 목적이 생기면 다른 건 잊을 수 있거든.

나는 이 괴담의 주인공. 또다시 무대가 펼쳐지는 거야. 그 안에서 너는 사라지는 거지.

또 다른 공범

아니. 사라지는 건 바로 너야.

연두가 고개를 치켜든다.

저물어 가는 해가 복도를 비추고 있다. 여자아이들의 질투 같은 붉은 기운이 하늘에 가득하다.

이 괴담의 주인공은 바로 나.

현관 앞에 나와 선 연두가 시원하게 구두를 탁탁 턴다. 이제 다시 차곡차곡 준비만 하면 되는 건가? 방해물들은 다 사라져 줄 테니까. 내가 나쁜 게 아니야. 너희가 나쁜 거지.

서인주의 자리에 앉아서 연습을 하는 지연과 몇 번 마주친 적이 있는 지연의 엄마를 떠올리자 연두는 소름이 끼쳤다. 무슨 짓이든 할 것 같은 지연의 엄마는 지연만 없어지면 자연스럽게 해결이 된다. 딸이 사라진다면, 무슨 목적으로 계속 연두를 방해하겠는가.

악질들.

그런 존재는 어디에나 있다. 드라마에도 소설 속에도 현실에도. 주인공의 꿈을 망가뜨리고, 주인공의 노력을 물거품으로 만들어 버리려는 악의로 가득한 존재들. 그런 존재들은 사라지는 게 맞다. 그래야 해피엔드로 끝날 수 있으니까.

연두가 도전적으로 '내리막'을 오른다. '절벽'을 응시하는 눈이 생기로 반짝반짝 빛난다. 무의식중에 꼭대기를 목적지로 정하고 오르고 있다.

저기까지만.

연두의 입술이 벌어지며 웃음이 흘러나온다. 이미, 마음은 정상에 오른 기분이다. 하지만 막상, 목표 지점에 다다르자 소스라치게 놀라 얼어붙는다.

반대편에서 사람이 불쑥 솟아났기 때문이다.

"뭐야. 놀랐잖아."

상대를 확인한 연두의 얼굴이 부드럽게 풀어진다.

이 길은 경사 때문에, 어느 정도 오르기 전에는 꼭대기 너머 반대편이 보이지 않는다. 그래서 종종 충돌 사고가 생기곤 한다. 일종의 사각지대인 셈이다.

사각지대라는 걸 알면서도, 꼭대기에서 사람을 맞닥뜨릴 때면 매번 놀라게 된다. 사람은 본능적으로 타인과 일정한 거리를 유지하려고 한다. 상대의 공격을 방어할 수 있을 만한 거리, 그 거리감이 유지될 때 사람은 안정감을 느낀다. 친구냐 적이냐를 판단하기도 전에 갑작스럽게 안전거리 안으로 뛰어드는 상대는 공포를 불러온다.

연두 역시 이 꼭대기 부근에서 소스라치게 놀란 적이 몇 번 있다. 상대편 역시 놀라긴 마찬가지였지만.

아는 아이라서 다행이다.

안도하려는 찰나, 상황이 이상하다는 걸 알아차린다. 상대방은 전혀 놀라지 않았다. 미리 기다리고 있기라도 한 것처럼. 아니나 다를까 연두가 한 발짝 물러서자, 한 발짝 다가온다. 옆으로 가도 똑같이 막아선다. 연두는 손을 뻗으면 낚아챌 수 있을 만큼의 거리에 서 있는 남자에게서 두려움을 느낀다.

이 애구나. 스토커.

연두가 침착하게 고개를 든다. 연습을 하지 않고 온 덕에, 아직 어둡진 않은 시간이다.

"너 뭐야?"

"그냥 좀 할 말이 있어서."

경훈이 딱딱하게 말한다. 준비해 온 대사라는 게 티가 난다. 침착한 척하고 있지만 속으론 떨고 있다.

공부만 잘했지 병신이잖아.

연두는 조금 느긋한 시선으로 경훈을 주시한다. 경훈이 불안한 시선을 내리깔며 입을 연다.

"나 봤어. 그날 아침, 그 여자아이가 죽던 날······."

"서인주."

경훈은 그날도 연두를 훔쳐보기 위해 통학로에 숨어 있었다. 그리고 예상치 않은 상황을 목격하고 말았다.

"······너도 연못으로 갔잖아."

간단한 말을 왜 이렇게 돌려서 해? 짜증 나게.

"그래서? 내가 서인주 죽였다고?"

"아니, 그건······."

"너 뭔가 오해한 것 같은데······."

그날, 연두는 여느 날처럼 새벽 수영을 마치고 등교하는 길이었다. 그런데 샛길에서 지연이 뛰어나오는 게 보였다. 얼굴이 하얗게 질려서는 연두가 부르는 것도 모르고 학교 쪽으로 내달렸다. 연두는 호기심에 이끌려 샛길로 향했고, 전망대 끝에 놓인 눈에 익은 보조 가방을 보았다. 그리고 불길한 상상을 하게 만드는 소리가 들려왔다. 연두는 전망대 끝으로 뛰어갔다. 인주가 물속에 잠겨 허우적거리고 있었다. 물 높이는 키 정도밖에 오지 않았지만, 바닥이 미끄러운지 인주는 겨우 팔을 내밀었다, 잠겨 들길 반복했다.

그러다 더 이상 떠오르지 않았다.

"나도 목격자야."

연두가 당당하게 말했다.

어디서 허술한 협박을 하고 있어.

"알아."

경훈이 피식 웃는다.

"너, 아무 말 안 했어. 그날 아침, 교실에 돌아와서도. 친구가 죽은 걸 알고 있었는데도 아무 말 하지 않았다고. 왜? 신고도 하지 않고. 혹시 서인주가 살 수 있을까 봐 겁났던 거 아냐? 그거 방관죄야. 명백한 범죄라고. 만약 지연이 서인주를 죽인 게 사실이라 해도, 넌 공범이나 마찬가지인 거야."

연두는 빠르게 머리를 굴린다.

"난 못 봤어, 서인주. 내가 목격자라고 말한 건, 지연을 봤다는 뜻이야. 연못에 갔을 때도 보조 가방 말고는 아무것도 못 봤어. 보조 가방이 놓여 있다고 해서 사람이 죽었다고 신고하는 건 좀 웃기잖아. 서인주가 죽었다는 소식을 들은 다음에야, 상황을 짐작한 것뿐이야."

경훈이 또 피식 웃는다.

"그래, 뭐 그렇다고 해 두자고. 내가 그날 봤다고 했지? 그게 뭔지 알아? 네 얼굴이야."

겁에 질린 것인지 웃는 것인지 알 수 없는 기괴한 표정의 얼굴.

"아무것도 못 봤는데 그런 얼굴을 할 수 있어?"

경훈이 한 발짝 다가온다. 하지만 연두를 똑바로 보지는 않는다.

"무슨 억지를 부리는 거야? 누가 믿어, 그런 억지를?"

연두가 앙칼지게 받아친다.

"모두 다."

경훈이 싱긋 웃는다.

"내가 사진을 찍어 뒀거든. 뭐, 증거는 될 수 없겠지. 하지만 애들 반응도 그럴까? 너 곧 방송도 탄다며."

"너 원하는 게 뭐야?"

그 순간에도 연두는 빠른 계산을 끝낸다. 미녀와 수재. 이 자식이랑 억지로 사귄다 해도, 겉으로 보기에 그림이 나쁘진 않겠다.

"나랑 사귀고 싶어?"

연두가 묻는다. 경훈의 표정이 돌연 굳는다.

생각만 해도 코피가 터질 것 같은가 보지? 변태 같은 자식.

하지만 경훈은 곤란한 표정을 지으며 말한다.

"그, 그건 좀. 공부해야 해서."

황당한 대답에 순간 멍해진다.

뭐야? 이 상황은. 내가 왜 거절당한 기분이지?

"찍고 싶어. 정면 사진이 없거든. 나를 보고 웃는 것 같은……."

경훈이 고개를 돌리며 말한다. 겨우 원하는 게 정면 사진이었다니. 허탈하기까지 하다.

연두는 경훈을 찬찬히 뜯어본다.

귀에는 여전히 이어폰을 꽂고 있다. 연두와 이야기하는 내내 꽂고 있었다. 아무 소리도 흘러나오지 않는 이어폰. 일종의 방어벽이다. 듣지 않는 척 몰래 귀를 기울이기 위한.

안 듣는 척 몰래 듣는 부류의 인간. 정면 사진을 찍고 싶다고 말하면서, 정면으로 마주 보지 못하는 부류의 인간. 보고 싶어 하지만 사진으로만 보고 싶어 하는 부류의 인간.

연두의 머릿속에 기막힌 아이디어가 떠오른다.

"좋아."

너에게도 역할을 줄게.

불이 켜지면

새벽, 연두가 힘겹게 눈을 뜬다. 새벽 수영을 시작한 건 다큐 이야기가 나오면서부터다. 몸매 관리가 목적이었지만 성악에도 도움이 되는 것 같다.

오늘만 쉴까? 오늘은 특별한 날이니까.

하지만 자신을 다그치며 자리에서 일어난다. 한번 타협하기 시작하면 끝이 없다. 옆에서 연지가 곤하게 잠들어 있다. 잠을 자면서도 얼굴을 찡그리고 있다. 연두는 연지의 얼굴을 가만히 보았다. 낯설다. 생각해 보면, 연지의 얼굴을 들여다볼 여유가 없었다. 이제껏 연두의 삶엔 엄마가 다였다고 해도 과언이 아니다. 연두와 엄마는 너무 바빴으니까. 둘은 모녀였고, 친구였으며, 하나의 사업을 공유하는 비즈니스 관계였다. 너무 많은 것을 공유했고, 함께 헤쳐 나가야만 했다.

그들 모녀만의 이야기가 아니다.

지금 이 순간에도 세상의 수많은 특별한 아이들이 엄마와 움직이고 있다. 평범한 아이로 전락하지 않기 위해서는, 헌신적인 매니저가 필요하니까. 성공하지 못하면 극성맞은 어미로 비난받지만, 성공하면 훌륭한 어머니로 찬사를 받는다. 이제껏 성공한 수많은 아이들 뒤에는 한 아이의 매니저를 선택한 엄마들이 있었다. 연두의 엄마 역시, 두 아이의 엄마를 포기하는 대신, 한 아이의 매니저를 선택했다.

예전에 본 한 성악가의 다큐가 연두의 머릿속에 떠오른다. 그 성악가가 세계 최고가 되기까지의 고뇌와 피나는 노력, 그리고 가족의 사랑을 다룬 다큐였다. 어머니는 가정을 돌보는 건 거의 포기한 채, 오직 그 아이 하나만을 그림자처럼 따라다니며 모든 일을 챙겨 주었고, 다른 형제들은 각자의 꿈을 접고, 학업을 포기하면서까지 돈을 벌어 대 주었다.

하지만 누구도 그 성악가를 보고 이기적이라고 비난하지 않았다. 그 엄마에 대해서도 매정하다고 말하지 않았다. 다른 형제들의 희생에 대해서도 억울하다고 표현하지 않았다.

한 명의 천재를 위해서는, 그 아까운 재능을 썩히지 않기 위해서는, 가족의 사랑과 희생이 필요하다.

나는 너에게 희생까지는 원하지 않았어.

연두의 눈이 연지의 목을 응시한다.

작은 응원 정도는 해 줄 수 있었잖아. 난 정말 열심히 하고 있는데. 네가 생각하는 것 이상으로. 나도 그들과 똑같이 피나는 노력을 하고 있는데, 왜 내겐 가족의 사랑이 따라오지 않는 거지? 응원은커녕 방해만 하는 건 정말 가혹하잖아.

연두의 시선이 연지의 목을 더듬는다. 그러다 이내 눈을 질끈 감는다.

내가 이 아이를 정말 사라지게 만들 수 있을까?

연두는 연지를 괴담 속으로 불러들일 계획이다. 다큐가 시작되기 전에. 하지만 마음이 복잡하다. 연지를 사라지게 하는 일은 지연을 사라지게 하는 일과는 확실히 다르다. 애정과 원망이 뒤섞여 쉽게 결정을 내릴 수가 없다.

어렵게 생각할 것 없어. 그저, 사라지게 만드는 거잖아. 그건, 그래 그건 일종의 편집 같은 거야. 좀 더 나은 영상을 위한 '편집'.

"휴."

연두가 탄식에 가까운 한숨을 내쉰다. 가방을 챙겨 방을 나서려는데 돌연 연지의 목소리가 들린다.

"연못으로 나와."

깨어 있었구나.

연지가 다시 말한다.

"내가 지금 하는 말 무슨 의미인지 알지? 난…… 언제든 좋아."

연두가 방문 손잡이를 잡은 채 우뚝 멈춰 선다.

너는 나를 응원해 줄 마음이 없구나.

나를 없애려 하고 있다. 내 동생이.

언젠가 지연이 했던 말이 떠오른다.

─조심해.

가슴이 두근두근 뛴다.

─네 동생.

그래. 넌 조심해야만 하는 존재였지.

연두가 방문 손잡이를 돌린다. 난 그저 피하지 않는 것일 뿐이야. 금속성의 차가운 감촉이 온몸으로 전달된다. 연두가 입을 연다.

"오늘……."

방문이 열리고, 연두가 방을 나선다.

"오후에 연못으로 와."

연두의 등 뒤에서 방문이 닫힌다. 주저앉고 싶은 감정을 누르며 현관으로 향한다. 타협하기 시작하면 끝이 없으니까.

왜 스스로 걸려드는 거야. 네가 두 번째 아이인데. 기분이 더럽잖아. 뭐, 덕분에 고민할 필요는 없어진 건가.

한 걸음 뗄 때마다 마음이 차갑게 식는다.

지연과 연지. 예기치 않게 둘을 한꺼번에 해결하게 생겼다. 잘된 일이다. 그런 짓 두 번 하고 싶진 않으니까. 모든 게 너무 쉽게 풀리고 있다. 불안할 정도로.

당연한 건가? 이 괴담은 나를 위해 준비된 무대니까. 연두는 쿨하게 불안을 털어 버린다. 그리고 한쪽 입꼬리를 올리며 냉소적으로 웃는다.

경민은 음악실 창가에 서서 저무는 해를 보고 있다. 아이들이 한바탕 떠들썩하게 몰려나온다.

개떼 같군.

우르르 몰려나온 아이들이 우르르 빠져나간다. 그 많던 아이들이 사라지고, 통학로에는 휑한 정적만이 남는다. 그 대비가 꽤 극적이다. 누가 마술이라도 부린 것만 같다.

그리고 누구든 사라져 버릴 것 같은 그 길 위로 의외의 인물이 들어선다.

하얀 팔, 갈색 머리칼. 지연이다.

경민의 눈이 지연을 좇는다. 지연은 통학로를 따라 걷다가 샛길 쪽으로 향한다. 수풀에 가려 지연이 시야에서 사라져 버린다.

왜 저길?

의아하게 생각하고 있는데 곧이어 연두가 못생긴 여자아이 하나와 샛길에 나타났다 사라진다. 모범생 같은 남자아이 하나도 멈칫거리며 샛길 쪽으로 사라진다.

뭐야, 이거?

인주가 죽은 연못으로 향하는 지연과 연두라. 그리고 기타 등
등. 뭔가 일이 벌어질 것 같은 낌새다. 아니, 벌써 벌어진 건가?

지연의 엄마가 움직이기 시작했다. 방송국을 들쑤시고 다니는
모양이다. 대단해. 못 하는 짓이 없다.

그까짓 다큐, 이제는 어떻게 되든 상관없다.

경민은 그저 그들이 벌이는 쇼가 재미있을 뿐이다. 여자아이들
의 질투는 특히 재미있다. 하긴, 자기가 좋아하는 연예인을 욕했
다는 이유만으로도 살인을 저지를 수 있는 나이지.

이왕 벌어질 거면 좀 시끄러웠으면 좋겠는데 말이야.

아이들이 사라진 연못 쪽을 보며, 경민이 심술궂게 웃는다.

인주를 싸고돈 건 지연 때문이었다.

지연이 처음 전학을 왔을 때부터 경민은 지연이 싫었다. 재능,
외모, 환경 모든 걸 다 갖춘 아이. 경민은 여자아이처럼 지연에게
질투를 느꼈다. 지연에게 예정된 눈부신 미래에 악의를 느꼈다.

그래서 인주라는 아이를 무대 위에 올렸다. 가능성을 보았기
때문이다. 성악가가 될 가능성이 아니라 지연의 열등감을 자극할
수 있는 가능성. 서인주는 지연과 전혀 다른 목소리를 가지고 있
었으니까. 단지 그것뿐이었다.

연두에게 성악을 권유한 것도 그래서였다. 연두는 화려한 외모를 가지고 있었다. 세상의 모든 분야처럼 성악 역시, 아름다운 여자에게 더 후하다. 무대에 서는 프리마돈나는 아름다워야 하니까.

하지만 경민이 미처 계산하지 못한 일이 벌어졌다. 세 아이 다 무서운 속도로 성장한 것이다. 라이벌이란 그만큼 자극적인 존재다. 라이벌이 있다는 건 어떤 의미에서는 행운이었다.

인주 역시, 그때부터 자신의 색을 뚜렷이 드러내기 시작했다. 특히, 무대를 장악하는 능력은 탁월했다. 경민도 감탄할 정도의 카리스마였다.

아, 이 애 정말 세계적인 콜로라투라소프라노가 될 수도 있겠어.

하지만 거기까지였다.

경민은 냉정했다.

─성악은 돈이 없으면 애초에 시작하질 말았어야 하는 거야. 아무리 애를 써도 네 무대는 오지 않으니까.

그 말이 상처가 됐을까?

그건 경민이 해 줄 수 있는 가장 솔직한 이야기이자, 애정 어린 말이었다.

콩쿠르를 나가는 데도 돈이 든다. 실력을 보여 주고 싶어도 돈을 내야 하는 것이다. 레슨비도 없어 절절매는 아이가 도대체 어디까지 갈 수 있다는 말인가? 언젠가는 자신의 무대 따위 포기하게 될 것이다. 경민 역시 그랬으니까.

그래서 인주가 다큐의 주인공을 넘보고 있을 거라곤 상상조차 하지 못했다. 처음부터 주인공은 연두였다. 하지만 경민은 말해주지 않았다. 지연을 괴롭히고 싶었으니까.

둘의 미묘한 신경전으로 지연의 예민한 신경이 너덜너덜해질 때쯤 얘기해, 지연을 질투에 휩싸이게 만들고 싶었다. 그러다 마침내 그 질투에 스스로 타 죽는 꼴이 보고 싶었다. 경민이 고교 시절 동창인 피디의 제안을 받아들인 것도, 연두에 대한 애정이 아니라 지연을 향한 악의 때문이었다.

그런데 왜 네가?

인주도 여느 여자아이들과 같았던 거다. 무모한 꿈을 꾸고 화려한 것에 영혼을 파는 어린 여자아이. 아직은 냉정한 말보다는 격려가 필요한 어린 여자아이.

경민이 중얼거린다.

"결국은 지연 때문이지."

지연을 미워하는 마음 때문에 벌어진 일들이니까.

경민은 지연을 향해 악의를 품는 옹졸하고 유치한 자신이 싫었다. 하지만 미워하는 마음은 병처럼 점점 깊어만 간다.

"네가 사라져 준다면 좋겠어. 더는 내 눈앞에 보이지 않게. 마술처럼."

무대 밖 인물

의외의 인물이 '절벽'을 오르고 있다.

"여전하네."

이 길은 아직도 '절벽'이라고 불리고 있을까? 의외의 인물은 추억에 잠긴 듯 미소를 짓는다. 하지만 이내 끙 하고 얼굴을 일그러뜨리며 걸음을 옮긴다.

마침내 꼭대기에 다다른 인물이 같은 말을 반복한다.

"여전하네."

여전히 어정쩡해. 저놈의 학교는.

낭떠러지.

저놈의 학교를 그렇게 불렀는데 말이야. 또 뭐라고 불렀더라.

교도소, 병원, 언덕 위의 하얀 집, 토끼굴, 창고, 대머리 독수리의 요새, 아, 이건 이사장 때문이었지. 그 지랄맞은 이사장, 아직도 살아 있나? 영감탱이, 저수지에나 빠져 죽지. 아, 이젠 저수지가 아니라 연못이지. 어쨌든 그 저수지 말도 많고 탈도 많았는데, 그러고 보니 이번에도…….

생각에 잠긴 인물의 얼굴이 어두워지려는 순간, 최신 인기 가요가 요란하게 울린다. 인물은 화들짝 놀라 한참 가방 속을 뒤지더니, 결국은 주머니에서 휴대폰을 꺼내 든다.

"어, 경민! 다 왔어, 다 왔어. 어! 어! 내가 좀 늦었나? 그래, 알았어, 알았어."

아줌마 특유의 화통한 목소리로 전화를 끊고는 씩씩하게 발걸음을 내딛는다.

"여전하네."

성격하고는.

인물은 실없이 푸시시 웃으며 느긋하게 걷는다.

경민이 모교에서 음악 선생을 한다는 소식은 충격이었다.

"그게 말이 돼?"

그 소식을 들은 건, 꽤 잘나가는 몇몇 동창들과의 모임에서였다.

"안 될 건 뭐 있어? 그 정도면 좋은 자리지 뭘."

"그러게. 요즘 그만한 직장이 어딨다고."

인물은 수긍할 수 없었다. 인물의 기억 속 경민은 그만큼 대단
했던 것이다.

그렇다고 인물이 경민과 친했던 건 아니다. 1학년 때, 같은 반
이지만 같이 어울리는 무리도 아니었고 서로에게 큰 관심도 없었
다. 단지 사교적인 성격 탓에 인물은 삼 년 내내 경민을 볼 때마
다 인사를 했고, 경민은 떨떠름한 얼굴로 응해 주는 게 다였다.

인물이 경민에게 특별히 관심을 가진 건 아니었지만, 경민을
늘 의식하고 있기는 했다. 그리고 그건 다른 아이들도 마찬가지
였다. 경민이라는 존재가 워낙 이질적이었기 때문이다.

경민은 좀 특별하게 모난 구석이 있었다. 장난으로 한 말에 죽
자고 덤벼들 정도로 파르르한 데다 모르고 서운하게라도 하면,
일기장에 빨간 글씨로 이름을 써 두고 저주를 내리고도 남을 성
격이었다.

'성격 나쁜 애' 하고 단정 짓고, 비난할 수도 있었지만 다들 그
러지 않았다. 경민에게는, 경민이니까, 라고 받아들이게 만드는
구석이 있었다.

저런 게 천재라는 건가.

경민의 노래를 듣고 나면, 별 불만 없이 그렇게 수긍하게 되곤
했다. 천재라서 저런가 보다. 쟤는 우리랑 다르니까. 그냥 그런 존
재니까.

천재라는 표현이나 수긍하는 과정이 웃기고 유치하지만, 어쨌
든 그땐 그런 이유로 경민이란 존재를 배척하기보다는 받아들였
었다. 어쩌면 은연중에 경민이라는 존재를 은근히 사랑스러워하
고 있었던 것인지도 모른다. 무미건조한 학교생활에서 경민이라
는 입체적인 존재는 일종의 즐거움이었으니까. 자랑거리이기도
했고.

학교 안에선 제까짓 게 대단해 봤자지, 폄하하다가도 다른 학
교 친구를 만날 때면 갑자기 부각이 되어 커지는 존재.

―우리 학교에 이런 애가 있어. 아냐, 아냐, 그 정도가 아니야.
네가 직접 들어 봐야 하는데. 얼굴이 순식간에 눈물로 젖는 거
야. 눈물을 흘리는 게 아니라, 그냥 얼굴 전체가 젖더라니까. 근
데 그 순간, 얘한테 말도 못 걸 것 같은 기분이 드는 거야. 뭐라고
설명해야 하나. 하여튼 우리 학교에 그런 애가 있어.

인물이 피식, 웃는다.

맞아. 그랬다. 유치할 만큼 감성적이었지만, 꼭 그만큼 순수했
던 시절이다.

그런데 그 추억 속의 인물은 지금,

―늙은 여우라고 불린다던데. 노처녀 히스테리 부린다고.

―하여튼, 늙은 여우는 학교마다 꼭 한 마리씩 있어.

―결혼 안 한 게 무슨 죄야? 왜 사람을 그런 식으로 부르지?

―지가 그렇게 불리게끔 하나 보지.

—하긴, 걔 성격에 선생 하는 것 자체가 신기하긴 하다.

—모교니까 써 주는 거지.

—그 자존심에 그 학교 기어들어 간 거 보면, 어지간히 갈 데가 없었나 보다.

—같이 성악하던 경숙인가 정숙인가 걔 공연 포스터 붙여진 거 보면서, 경민이도 어디 외국 가 있겠거니 했는데…….

—그러니까, 걔 진짜 학교 다닐 땐 날렸는데.

—학교 다닐 때 안 날린 사람도 있어?

—그런 거하곤 다르지. 야 너 왜 그러냐? 너도 걔 노래 들어 봤잖아?

—어릴 때 잘해 봤자지.

—그건 아니지. 사실 아깝긴 하잖아.

—아깝긴, 뭐가? 그런 식으로 따지면 억울한 사람들 수두룩해. 그나마 걔는 잘 풀린 거지. 안 그래?

어느새 이야기는 작은 다툼으로 번지고 있었다. 내내 생각조차 않고 살다가도, 발끈하게 만들 수 있는 존재였다. 경민은.

경민이 노래를 안 한다고?

그 사실에, 인물은 정체불명의 불쾌감을 느꼈다. 자신과 별 상관이 없는 인물인데도 참을 수 없이 불쾌했다. 경민이 노래를 하지 않고 살 거라고는 상상해 본 적도 없다.

아니, 실상은 경민이라는 존재 자체를 잊고 살았다는 쪽에 더 가깝다. 하지만, 그럼에도 불구하고 인물의 분노는 쉽게 가라앉지 않았고, 급기야 자신의 일에 경민을 끌어들이는 지경에까지 이르렀다.

그건 일종의 선의였을까? 아니면 단순한 충동이었을까?

―정말 내 마음대로 정해도 돼?

―그렇다니까. 그 대신, 너도 노래해야 돼.

―……알았어. 어쨌든 내가 정한 애가 주인공이란 거지?

―참 내. 그렇다니까. 누가 됐든, 그에 맞춰서 풀어 가면 되니까 걱정하지 마. 우리 방송 못 봤어?

인물은 자신의 프로그램에 경민을 등장시키기로 했다. 청소년이 주인공인 다큐지만, 이번만큼은 예외다. 표면적으로는 한 명의 아이를 주인공으로 내세우면서 실질적으로 카메라가 좇는 건 경민이 될 것이다.

그러니 누가 되든 상관없다.

네가 주인공이니까.

지연이라는 아이 쪽에서 압력이 들어오고 있다는 얘길 들었을 때는, 별 생각이 다 들었다.

온갖 것들이 방해가 되는 인생도 있구나 싶어 쓸쓸하기도 했고, 한편으론 우습기도 했다. 그도 그럴 것이 압력이 들어온 타이밍이 절묘했다.

지금 진행하는 프로젝트를 그만두지 않으면 하차시킬 거라니.

인물은 이미, 하차할 예정이었던 것이다. 압력과는 전혀 상관 없이. 지금 인물의 프로그램은 표면적으로는 여전히 시청률이 높 지만 정점을 찍고 살짝 하향세를 타는 추세였다. 단물은 빼 먹을 만큼 빼 먹은 상태. 그렇다고 프로그램을 끝낼 만큼은 아니고 해 서, 후배에게 넘기고 다른 프로그램으로 갈아탈 예정이었다. 별 미련도 없었다.

처음엔 정말 좋은 취지로 시작한 프로였다. 그에 대한 보답으 로 예상치를 훨씬 웃도는 시청률이 상처럼 떨어졌다. 하지만 시 청률은 양날의 검이었다. 시청률이 올라가면서 온갖 로비와 압력 이 무시무시한 기세로 들어오기 시작했다. 어느새 프로그램은 다큐가 아닌, 잘 짜인 드라마가 되어 갔다.

—우리 이제 드라마 만들어도 잘 만들 것 같지 않냐?

—막장 드라마 전문 팀 하나 나오는 건가요?

팀원과 우습지 않은 우스갯소리를 주고받기도 했다.

이번 경민 편이 마지막이 될 것이다.

오랜만에 욕심을 부려 본다. 이 프로그램의 첫 회를 찍을 때와 비슷한 기분이다. 부수적인 것들을 향한 욕심이 아닌, 작품 자체 에 대한 욕심.

경민이 알아주길 원하는 것도 아니고, 마지막 방송을 통해서 일종의 반향을 일으키길 원하는 것도 아니다. 그럼에도 프로그 램의 중심을 벗어나면서까지 이렇게 하는 건, 자신이 기억하고 싶은 인물을 영상에 남기고 싶은 욕구 때문인지도 모른다. 알아야 하고, 기억해야 한다고 믿는 것을 타인과 공유하고 싶은 피디라는 직업의 본질적인 욕망.

에이, 뭘 그렇게까지.

직업의 본질 운운할 정도로 거창한 마음은 아닐지도 모른다.

단지, 무대를 만들어 주고 싶었던 건지도.

네가 가질 수 없었던 무대를, 화면 속에서나마 마련해 주고 싶다.

그것뿐이었을 거다.

아마도 그때와 닮은 감정이 아닐까?

아침, 등굣길에서 마주칠 때면 어두운 얼굴로 눈을 내리깔고 있던, 사실은 섞여 드는 방법을 몰라 지레 벽을 세우고 있던 경민에게, "안녕?" 하고 먼저 인사를 걸던 그때와.

그래, 목적 없는, 일상적인, 가벼운 호의 정도라고 해 두자.

무대 위에서

전망대 끝에 지연이 보인다. 지연은 연지를 보고 놀란다. 연지
역시 마찬가지다.

"같이 찍을 거야. 이쪽은 내 동생. 여긴 지연."

연두가 둘을 소개시킨다. 둘은 예기치 않은 상황에 당황했지
만, 덤덤하게 상황을 받아들인다.

지연이 다시 연못으로 시선을 옮긴다.

그래, 사라지기 전 마지막 풍경을 봐 두고 싶겠지.

연두도 난간에 기대 연못을 둘러본다. 온통 백련으로 가득하
다. 초록색의 거대한 이파리가 물이 보이지 않을 정도로 무성하
게 자라 있다. 아기 머리만 한 하얀 꽃들은 커다란 연잎 위로 툭

툭 떨어지듯 놓여 있다.

저무는 해를 따라 꽃잎이 다물어지기 시작한 꽃들이 꼭 촉수처럼 보인다. 그리고 시들하게 늘어진 잎들은 쩍쩍 벌어진 입 같다. 하얀 촉수와 무수한 입들이라. 이 커다란 식물은 지독히도 동물적이다.

풍덩, 빠지면 물에 빠져 죽는 게 아니라 연잎에 뜯어 먹힐 것만 같다.

연지가 부스럭거리며 가방에서 사진기를 꺼낸다. 지연과 연두가 동시에 연지를 향해 손을 뻗는다.

"그건, 됐어."

연두가 연지의 손을 누르며 말을 잇는다.

"한 명 더 올 거거든."

지연이 놀란 얼굴로 연두를 본다.

마침, 경훈이 등장한다. 상기된 표정에 디지털 카메라를 들고 있다. 이게 바로 이번 괴담에서 경훈이 맡은 역할이다. 사진사. 연두의 공범.

연신 입술을 침으로 축이며 집착하듯 카메라를 만지작거리고 있는 경훈을 향해 지연과 연지가 얼굴을 찡그린다.

"저 병신은 뭐야?"

연지의 비난에 연두가 변명처럼 말한다.

"셀카는 폼이 안 나잖아."

지연은 너무나 의외인 인물의 등장에 그저 어리둥절하다.

도대체 저 아이가 왜 갑자기 끼어드는 거지?

하지만 이내 될 대로 되라는 식의 체념으로 무표정해진다.

"마지막일지도 모르니까, 즐겁게."

연두가 둘 사이에 서서 팔짱을 낀다. 셋은 똑바로 정면을 응시한다.

경훈이 포커스를 맞춘다. 극도로 흥분한 경훈의 손가락이 떨린다. 경훈은 카메라를 통해 연두를 볼 때 가장 흥분한다. 자신이 카메라 뒤에 안전하게 숨어 있다는 안정감과 연두가 원하는 대로 잘려진 채 자신의 프레임 안에 들어와 있다는 사실이, 경훈을 달아오르게 만든다.

난 역시 이편이 더 좋아.

연못 위에서 자신을 향해 카메라 초점을 맞췄을 때의 어색함이 떠오른다. 분명한 목적이 있어 찍은 사진이었지만, 카메라 렌즈가 자신을 향하는 건 기분이 좋지 않다. 이제야 제자리를 찾은 기분이다.

―연못 위에서 일 등과 이 등이 사진을 찍으면 이 등이 사라진다.

경훈은 연두에게, 이 괴담 속 일 등이 자신이라는 부연 설명은 하지 않았다. 모든 걸 일일이 설명하는 건 비효율적이다. 사라질지도 모르는 인물에게는 더욱.

경훈이 연두를 본다.

너는 남는 쪽일까? 사라지는 쪽일까?

아, 불필요한 질문인가? 누가 봐도 주인공이니까. 하지만 사라지는 것도 나쁘진 않겠다.

지금 찍는 정면 사진이 남는다는 전제하에 말이다. 경훈에게 연두는 지나치게 신경이 쓰이는 존재였다. 그 때문에 필요 이상으로 시간을 할애하게 만드는 존재이기도 했다.

절정을 이룬 연못을 배경으로 연두가 활짝 웃는다. 경훈이 외친다.

"하나, 둘⋯⋯."

배경 속으로

─연못 위에서 셋이 사진을 찍으면…….

─왜? 이번엔 가운데 애가 사라지기라도 해?

─……재수가 없어.

사진이 찍히는 찰나의 순간이 길게 늘어진다. 그 늘어진 시간 틈으로 불길한 기억의 조각들이 튀어 들어온다.

─두 번째는 상대적인 의미야.

설마, 내가 두 번째 아이?

─언니, 그 얘기 들었어? 연못에서 형제가 사진을 찍으면 둘째가 사라진대.

연두를 살피던 연지의 눈이 이제야 들어온다.

무섭지? 하고 물어 오던 그 의미가.

하지만 난 주인공이야. 이 괴담의 주인공이라고. 그런데 왜…….

연두의 머릿속에 잊어버리고 있던 여자아이가 떠오른다. 괴담을 들려주던 여자아이가 말한다.

—이 괴담은 누가 주인공일까?

주인공이 첫 번째 아이가 아니다?

—연못 위에서 첫 번째 아이와 두 번째 아이가 사진을 찍으면 두 번째 아이가 사라진대.

이 괴담의 주인공은 두 번째 아이.

첫 번째 아이들.

—첫 번째 아이들은 늘 괴담을 퍼뜨리지. 괴담이 소문이 되어 두 번째 아이의 귀에 들어가도록. 가끔은 두 번째 아이의 귀에 직접 속삭이기도 하지. 너 그 얘기 알아? 하고 말이야. 두 번째 아이들이 괴담을 꿈꾸도록, 그래서 괴담이 그 아이들을 찾아가도록 말이야.

말도 안 돼! 거짓말이야!

—거짓은 언젠가 그 힘으로 진실이 되고 말아.

기억 속에서 지연이 저주처럼 속삭인다.

—내 말 한마디도 흘려듣지 마.

함정이다.

이제 생각났다. 그 여자아이가 누군지. 짧은 머리, 하얀 손목에 그어진, 보라색 머리 끈, 내 친구.

보영이, 나를 속였다.

—아니, 나는 단지 괴담을 들려주었을 뿐이야. 네가 원했잖아. 아주 간절하게.

연두의 손가락에서 반지가 떨어진다. 보영이 말한다.

—그건 내 거야.

연지와 지연의 얼굴이 눈에 들어온다. 울고 있는 것 같지만 눈을 빛내며 웃고 있는 이상하게 일그러진 얼굴들.

도망쳐야 한다. 연두는 본능적으로 느꼈다. 사진기 초점 밖으로 도망쳐야 한다. 하지만 튀어나가려는 연두를 단단히 붙들고 있다. 양쪽에서. 내 동생과 내 친구가.

연두의 얼굴이 공포로 일그러진다.

제발. 제발. 그 괴담이 진실이 아니길. 흔해 빠진, 시시한 괴담일 뿐이길. 찰나의 순간, 빌고 또 빌었다.

사진기가 셋이 아닌, 연두를 향해 외친다.

"찰칵!"

셋을 세기도 전에 셔터 음이 울렸다.

주인공, 주인공들

─끼이.

신경을 긁는 소리를 내며 폴라로이드 카메라에서 사진이 나온다. 탁 뭔가 걸리는 소리를 내며 사진이 바닥에 떨어진다. 남자가 사진을 줍는다.

남자는 번뜩이는 필름지 위로 서서히 영상이 떠오르는 걸 뚫어져라 보고 있다. 곧 남자의 얼굴에 미소가 번진다. 남자는 그제야 얼굴을 든다.

요한이다.

"이런 건 폴라로이드로 찍어야 제맛 아니겠어? 이런 사진은 세상에 딱 한 장만 남겨야지. 요즘 애들은 운치가 없어."

요한이 성큼성큼 걸어와, 바닥에 떨어진 디지털 카메라를 발로 툭 찬다. 지연은 그런 요한을 무표정하게 보고 있다. 그 옆에선 연지가 어리둥절한 얼굴을 하고 있다. 그러다 대충 상황을 짐작했는지 고개를 끄덕인다.

연지도 들은 적이 있다.

─연못 위에서 첫 번째 아이와 두 번째 아이가 사진이 찍히면 두 번째 아이가 사라진대.

그전 괴담과 아주 미묘하게 다른 괴담.

이 괴담 안에는 첫 번째 아이와 두 번째 아이만 있는 게 아니다. 한 명이 더 있다. 괴담 안에 숨어서.

찍히면…… 사라진다.

두 아이를 찍는 누군가, 그 역시 이 괴담의 또 다른 주인공이다. 그리고 동시에 지연의 공범이다. 지연이 부른 제3의 인물 사진사.

요한이 지연을 향해 친근하게 말한다.

"이번엔 좀 당황했어. 꼭짓점들이 너무 많아서 말이야. 뭐 간단하게 정리됐지만."

이 무대엔 다섯이 있었다. 연지, 연두, 지연. 그 앞에 경훈, 그리고 경훈 뒤에 요한.

그리고 두 개의 삼각형이 있었다. 경훈을 꼭짓점으로 한 작은 삼각형과 요한을 꼭짓점으로 한 큰 삼각형이. 큰 삼각형 안에서 작은 삼각형이 사라졌다. 경훈은 자신의 뒤에 서 있는 또 다른 사진사를 미처 알아차리지 못했다.

"필요 없는 점은 사라져야지."

그리고 셋이 남았다. 요한, 지연, 연지 그들은 지금도 삼각형을 그리며 서 있다.

"예쁜 이등변삼각형인데."

요한이 중얼거린다.

가운데 서 있던 연두가 사라져서 구도가 좋다. 트리플을 찍었을 때는, 가운데 있는 치한이 아니라 왼편에 있는 보영이 사라지는 바람에 균형이 일그러진 삼각형이 나왔다.

기분이 좋다. 요한은 구도에 집착한다.

"트라이, 트라이, 트라이앵글."

요한이 콧노래를 흥얼거린다.

요한에게 이 괴담은 삼각형이다.

─연못 위에서 첫 번째 아이와 두 번째 아이가 사진을 찍으면 두 번째 아이가 사라진대.

첫 번째 아이와 두 번째 아이, 그리고 길게 뻗은 팔 끝에 위치한 사진기. 세 개의 꼭짓점으로 된 삼각형이다.

─연못 위에서 첫 번째 아이와 두 번째 아이가 사진이 찍히면 두 번째 아이가 사라진대.

그가 위치를 바꿔도 그건 변하지 않았다. 첫 번째 아이와 두 번째 아이, 그리고 요한. 세 개의 꼭짓점.

욕망을 가진 꼭짓점들이 모여 삼각형을 만든다. 최소한의 점들은 공간을 만들고, 그 일시적이고 특수한 공간 안에서 꼭짓점 중 하나는 욕망을 이루기 위한 먹잇감, 제물이 된다. 삼각형이라는 욕망의 공간 안에서 마술이 일어나는 것이다. 그게 내가 아니길 간절히 바라며. 너이기를 간절히 기도하며. 비로소 우리의 욕망이 충족되었을 때, 그 공간은 소멸되는 거다.

찰칵하는 순간, 셋이 만들어 낸 삼각형 안에서 두 번째 아이가 사라진다, 삼각형 꼴의 그 공간 안에서. 그 삼각형 모양은 꼭 사라져 가는 긴 통로 같다.

하지만 트리플 때부터 조금 달라졌다. 이제껏 삼각형들은 괴담이 실행되면서 사라졌다. 하지만 트리플 때도, 이번에도 삼각형이 사라지지 않았다. 아니, 오히려 삼각형이 완성된 기분이다.

뭔가 변한 건가? 아니면 뭔가가 변할 건가?

상관없다.

요한은 늘 꼭짓점이 되어 남아 있으니까.

"사진 볼래?"

요한의 말에 지연은 얼음처럼 차가운 표정으로 지나쳐 가 버린다. 연지 역시 마찬가지다. 요한은 어깨를 으쓱한다.

그래 봤자, 또 올 거면서.

요한은 혼자 남아 사진을 감상한다.

가운데가 텅 비어 있다.

사람 하나만큼의 간격을 두고 서 있는 두 여자아이. 이번 사진은 정말 걸작이다. 지연의 표정이 변했다. 늙은 여자처럼 뭔가를 초월한 얼굴로 변했지만, 어린애 특유의 불안정한 표정도 가지고 있다. 뚜렷한 목적을 가진 비열한 얼굴 같은가 하면 길을 잃은 아이의 얼굴 같기도 하고, 살기가 느껴지는가 하면 순종적인 애완동물 같기도 하다. 들여다볼수록 알 수 없는 기분이 든다. 연지라는 아이도 나쁘지 않다. 게다가 포즈도 좋다.

두 여자아이가 가운데 텅 빈 공간을 붙잡고 있는 것 같은 포즈다. 그 빈 공간에 뭐가 있었는지 아는 사람에겐 섬뜩한 사진이지만, 모르는 사람에겐 예술이 될 것이다.

폴라로이드로 찍은 단 한 장의 사진을 다시 단 한 장의 캔버스에 옮긴다. 희소성에 희소성이 더해진다. 얼마나 예술적인가.

이번 작품은 그의 유명세를 더 확고하게 만들어 줄 것이다. 그럼 그때부터는 모든 게 시간문제다. 사람들은 땅이나 증권에 투자하듯 그림에 투자한다. 투자자가 몰리면 가치는 저절로 올라가고, 다시 투자자들이 몰려들고, 대규모의 전시회가 열리고, 지면에 오르내리고, 수상 경력이 쌓여 나간다. 경력은 그의 가치를 증명하는 증거가 되고, 투자자가 투자자를 불러들이듯 경력은 경력을 불러들일 것이다. 모든 건 정말 시간문제다. 성공이 눈앞에 있다. 입가에 웃음이 피어오른다.

어디까지 갈 수 있을까?

갈 수 있는 데까지. 끝까지.

요한은 스스로의 질문에 명쾌하게 답을 내리고 일어섰다. 그러다 흠칫 놀라며 옆으로 물러선다. 방금 전 자신이 서 있던 곳의 공기가 사람 형태로 기묘하게 일그러져 있는 것 같은 느낌이다. 누군가의 체온처럼 눅눅한 바람이 요한 쪽으로 불어온다.

요한은 도망치듯 성큼성큼 샛길로 향했다. 그리고 뭔가를 확인하듯 다시 돌아보았다. 전망대 끝, 그곳에서 사라진 아이들이 공기 중에 벽화처럼 새겨져 있는 것만 같다.

이곳은 불길하다. 요한은 황급히 연못을 빠져나갔다. 하지만 요한은 또다시 사진기를 들고 이곳을 찾을 것이다. 자신을 찾을 누군가를 기다리며 중얼거릴 것이다.

"어쨌든 내가 손해 볼 건 없지."

손이 작은 여자아이가 디지털 카메라를 줍는다.

"어, 이거 좋은 거 같은데. 고장 난 건가?"

하지만 아무도 대꾸가 없다. 친구들은 이미 전망대 위를 걸어가고 있다. 여자아이가 앞서 가는 두 친구의 뒷모습을 연신 찍어 댄다.

짜깍. 짜깍. 짜깍.

셔터 음 대신 버튼이 눌려지는 찌꺽임만 있다. 사진 찍는 걸 어떻게 알았는지, 친구 둘이 동시에 돌아본다.

"야, 찍지 마. 여기서 사진 찍으면 재수 없어."

"그런 걸 믿냐?"

"근데 그 사진기 웬 거야?"

"여기서 주웠어."

"같이 있다가 주웠으니까 우리 공동 소유다."

"고장 난 걸 수도 있어. 소리가 안 나."

"쪼잔하게. 고장 안 났음 같이 쓰기."

"치. 알았어."

툭탁거리다, 둘이 다시 등을 보이며 걸어간다. 관계에서 조금 겉도는 여자아이는 질투 어린 시선으로 그 둘을 보다, 다시 카메라를 만지작거린다. 금방 찍은 사진을 확인한다.

"고장 안 났잖아. 어, 이건 누구지?"

메모리 속에 여자아이 사진이 가득하다. 꼭 몰래 찍은 것 같다. 같은 교복.

"우리 학교에 이렇게 예쁜 애가 있었나?"

호기심이 반짝 일지만 미련 없이 삭제 버튼을 누른다. 이 세상에 남은 연두의 유일한 흔적이 순식간에 사라진다.

—왜 셋이야?

그 질문이 치한의 머릿속을 떠나지 않는다.

—왜 셋이서 사귀고 싶은 거냐고.

재미있잖아.

대충 둘러대긴 했지만, 왜 그런 엉뚱한 생각을 했는지 모르겠다. 반지를 건넨 건 충동적이었다. 누구였는지도 생각나지 않는 아이에게 반지를 건네다니……. 보나마나 또 아무나 붙잡고 시시한 짓을 한 거다. 아는 아이 같긴 한데, 어둠 탓인지 얼굴이 기억나지 않는다. 어쨌든 왜 반지를 세 개나 산 거지?

사라질까 봐.

그 말을 떠올림과 동시에 한기를 느낀다. 도대체 누가 사라진다는 말인가? 미래? 여자 친구가 사라지는 게 두려워서 여자 친구를 한 명 더 사귄다는 발상은, 자신이 생각해도 어처구니가 없다.

얼마 전, 형이 찍어 준 사진은 최악이었다.

넋이 나간 것 같은 얼굴의 미래와 엉뚱한 방향을 향해 몸을 틀고 있는 자신. 게다가 바보 같은 표정이라니. 자신과 미래의 관계가 순간적으로 포착된 것 같아 찔린다. 억지로 웃고 떠들며 아무렇지 않은 척하고 있지만, 둘 다 알고 있다. 요즘 그들의 관계에는 무언가가 비어 있다는 걸.

그러고 보면 그날은 처음부터 기분이 안 좋았다. 하필이면 왜 거기서 사진을 찍은 걸까?

—안 하는 게 좋을 것 같아.

치한은 말했었다.

—여기서 사진 찍는 거. 기분 나쁘잖아. 요즘 이상한 괴담도 떠돌고.

미래는 뭐라고 말했더라. 배경이 좋다고 했었나?

—재미없게 왜 그래?

미래는 말했었다. 그리고…….

—그래, 너답지 않아.

그건 누가 한 말이었지? 미래? 형?

갑자기 외로움이 밀려든다. 이대로 있다간 흔적도 없이 사라져 버릴 것만 같다. 발작처럼 휴대폰을 열고 문자를 찍는다.

—보고 싶어. 지금 만나러 가도 돼?

전송 버튼을 누른다. 금세 답장이 온다.

—좋아.

학원 수업 중일 텐데도 미래는 좋다고 한다. 확실히 모범생은 아니라니까. 미친 듯이 달려온 자신을 보면 뭐라고 할까? 만나자 마자 욕을 퍼부을지도 모른다. 마마보이라고 놀려 댈지도 모르겠다.

깊은 생각은 필요 없다. 둘 사이의 공허함은 일시적인 현상일 뿐이다. 오래 사귀었으니까. 중요한 건, 지금 미래를 만나지 않으면 미쳐 버릴 것 같다는 사실이다. 이것보다 더 확실한 사랑의 증거가 어디에 있지?

치한은 초조함이 불러오는 흥분에, 급하게 몸을 움직여 오토바이에 올라탔다. 주택가를 벗어나 차도를 내달린다. 오토바이에 속도가 붙는다. 경사를 그리며 높아지던 속도가 어느 순간, 일정해진다. 일정한 속도로 스쳐 가는 바람에 씻기듯 얼굴에서 웃음기가 사라진다.

사라진다. 도대체 뭐가?

치한은 부족함을 느껴 본 적이 없다. 무언가를 절실하게 원해 본 적도 없다. 그래서 잃는 것을 두려워할 필요도 없다. 그래야 한다.

그런데 왜 두려운 걸까? 이 완벽한 세상 안에서 왜 외로운 걸까?

언젠가부터 소중한 것들이 하나, 둘 사라지는 것만 같은 외로움에 오토바이를 타게 됐다. 그래서 튀고 싶었는지도 모른다. 자신도 사라져 버릴 것만 같았으니까. 사람들의 기억 속에 남고 싶었다. 어떤 의미로든 잊히는 게 두려웠다. 흔적도 없이 사라진다는 게.

어쩌면 흔히 말하는 배부른 투정인지도 모른다. 슬픔도 고통도 없는 평화가 따분해, 스스로 만들어 낸 결핍.

치한이 눈물을 참으며 중얼거린다.

"마마보이라서 그래."

그런 치한의 등에 누군가 얼굴을 기댄다. 천 사이로 체온이 느껴진다.

자신의 등에 기대 오는 여자아이에게 치한이 묻는다.

······누구?

하지만 치한은 물음을 그냥 삼켜 버린다. 이 여자아이가 언제부터 뒤에 타고 있었던 건지, 왜 익숙한 기분이 드는 건지, 그런 건 중요하지 않은 것 같으니까. 등이 따뜻하다. 그것으로 됐다.

여자아이가 치한을 꽉 끌어안는다.

"숨 막혀."

치한이 말한다.

"싫어?"

"······아니."

끌어안은 팔에 더욱 힘이 들어간다. 여자아이의 가느다란 손가락에 반지가 끼워져 있다.

영원히 이렇게 행복할 거야. 우리 셋이.

여자아이가 속삭인다.

"내가 괴담을 들려줄게. 영원히 함께할 수 있는 괴담을."

두 번째 아이

샛길을 벗어나자 연지가 지연에게 말한다.

"공범이네?"

지연이 작게 고개를 끄덕인다.

"의도한 건 아니지만, 어쨌든 언니 덕에 마음이 조금 가벼웠어. 이 세상에 연두⋯⋯라는 이름을 기억하는 사람이 또 하나 있는 거니까. 나만 알고 있는 이름이 아니니까. 나만 꿔야 하는 악몽이 아니니까."

"나도."

"솔직히 겁나더라. 잘못돼서 사라지는 게 내 쪽일까 봐. 그편도 나쁘지는 않았겠지만. 마음을 비우는 게 힘들었어. 언닌 무슨 생각 했어?"

"나?"

셋 다 없어지는 상상.

흔적도 없이 사라지는 무섭고, 아프고, 행복한 상상. 없애길 원
했고, 없어지고 싶었는데…… 실패했다.

지연은 아주 오랫동안 이 괴담의 주인공으로 있었다. 문득 의
심이 든다. 정말 주인공이었던 걸까? 그저 남겨진 건 아니었을
까? 무대 위에 버려진 것처럼.

—더 미워하는 쪽이 두 번째 아이.

어쩌면 지연이 남을 수 있었던 건, 그들을 향한 지연의 살의보
다 지연을 향한 그들의 살의가 더 컸기 때문인지도 모른다.

진실일지도 모르는 추측이 아프게 다가온다.

친구가 나를 없애고 싶어 했다는 것. 나보다 더 강렬하게.

사라진 쪽, 남는 쪽, 어느 쪽이 더 불행한 걸까?

인주는 사라지지 않았다. 그래서 지연은 남지 못했다.

인주가 죽은 이후로 지연은 자신의 한 부분이 사라진 걸 느꼈
다.

자살이었다.

아직 어두운 아침, 지연은 인주와 전망대 끝에 서 있었다.

—잠깐만 기다려. 한 명 더 올 거야. 우릴 찍어 주고 기억해 줄
사람.

요한을 기다리는 동안, 둘은 어떤 말도 나누지 않았다. 침묵이 힘들다고 느낄 무렵, 인주가 난간 위에 올라섰다.

뛰어내리기 전 인주는 말했다.

―미안해.

그건 어떤 의미였을까? 미워해서 미안하다는 의미였을까? 아니면 자신이 두 번째 아이일지도 모른다는 불안을 견디지 못하고 도망쳐서 미안하다는 의미였을까? 그 의문은 내내 지연을 괴롭혔다.

하지만 이번 괴담에서, 무대에 서는 순간 그 의미가 무엇인지 알 수 있었다. 자신도 인주와 똑같은 욕망을 느꼈으니까.

동반 자살.

그때 괴담 속으로 초대한 건 지연이 아니라 인주였다. 인주는 괴담 속에서 지연을 사라지게 만들고 싶어 했다. 하지만 동시에 자신도 같이 사라지고 싶어 한 것이다. 일종의 동반 자살을 계획했던 것이다. 하지만 요한을 기다리는 동안, 인주는 혼자서 없어지는 쪽을 택했다.

서인주.

나의 라이벌, 나의 적, 나를 미워한 아이, 나와 함께 사라지고 싶어 한 아이. 하지만 그 얘긴 너는 나를 가장 인정한 사람이라는 것. 모래로 만든 집처럼 위태로운 나의 재능을 가장 단단하게 믿은 사람이라는 것.

볼이 축축하다. 지연이 손을 들어 무심히 눈물을 닦는다.

너를 떠올리면 눈물이 나.

지연은 이 눈물이 계속될 거라는 걸 깨달았다. 자신이 완전히 사라질 때까지.

"무슨 생각 했냐고."

연지가 다시 묻는다. 지연이 부러 웃음을 지으며 답한다.

"그냥, 멍 때렸지. 넌?"

"난 속으로 애국가 불렀어."

"노친네야?"

둘은 키득거렸다. 여는 십 대 소녀들처럼.

지연이 먼저 웃음을 거두고 말한다.

"정신 건강에 좋지 않은 것 같아, 이거. 이제 그만해."

"치. 그러면서 언니는 또 할 거지? 언니는 이거 몇 번째야?"

지연은 대꾸 없이 희미하게 웃는다. 늙은 여자의 표정 같다.

글쎄 몇 번째일까? 그사이 많은 것이 변했다. 아주 미묘하게.

요한의 논리대로라면 두 번째 아이가 사라지는 순간, 삼각형은 사라져야만 한다. 욕망이 충족되었으니까. 하지만 이번엔 사라지지 않았다. 더욱 완벽한 형태를 만들었을 뿐. 시간이 갈수록 욕망은 더욱 커져 가고 얽히는 인물들은 많아져 간다.

어쩌면 이 괴담엔 이쪽이 더 어울리는지도.

욕망이라는 건 절대 충족되지 않는 거니까. 하필이면 서인주가 죽은 뒤부터……. 너는 항상 모든 걸 망쳐 놓지.

처음부터 그랬다. 마술이라도 부린 듯 아름다운 얼굴로 노래할 때부터.

행복한 척이 아니라, 행복한 얼굴로 노래를 해선 안 되는 거야. 주인공으로 남는 욕망을 품는 대신, 무대를 버리는 짓을 해서는 안 되는 거야. 무대는 버릴 수 있는 게 아니니까. 무대에서 버려질 수는 있어도 무대를 버릴 수는 없어. 우린 그런 존재야. 너는 그런 존재야. 그렇기 때문에……

무대 위에 서 있는 나를 무시하고, 무대 밖으로 뛰어내려선 안 됐던 거야.

─내일 새벽, 연못에서.

서인주로부터 섬뜩한 초대를 받은 순간, 우습게도 지연은 처음으로 인주에게 우정이란 감정을 느꼈다.

결국, 너도.

너도 똑같구나. 너도 결국은 두 번째 아이구나, 라는 동질감과 연민.

그런데 서인주는 무대 위에서 뛰어내렸다. 그것도 충동적으로.

돌발 상황에 무대 위 불들이 일제히 켜졌다.

덕분에 쩍쩍 갈라진 천박한 분장과 조악한 드레스의 터진 실밥들이 적나라하게 드러나 버렸다. 화려했던 무대가, 걸을 때마다 빠득빠득 결이 틀어지는 소리를 내는, 머리카락 뭉치 따위가 굴러다니는 싸구려 널빤지로 변했다. 우아한 프리마돈나의 얼굴은, 너무 가까이서 봐선 안 되는 거야. 너무 밝은 불을 켜선 안 되는 거야.

아직 끝나지 않았는데, 우아하게 퇴장하지 못했는데, 불이 들어와 버렸다. 지연은 너무 생생한 조명에 절망했다.

서인주는 자신의 시나리오를 완성했어야만 했다. 같이 사라져 버리자고 물귀신처럼 물고 늘어졌어야 했다. 차라리 그랬어야만 했다. 그게 우리의 무대였으니까.

완성되지 못한 무대는 막을 내리지 못하니까. 막을 내리지 못한 무대는…….

하.

지연이 스스로에게 비웃음을 흘린다. 그리고 그 힘으로 자신을 약하게 만드는 감상에서 빠져나온다.

다 말장난이지.

막을 내리지 못한 무대 따위. 사라지지 않는 삼각형이니 어쩌니.

확실한 건 뭔가 또 변하겠구나라는 것뿐.

이 괴담의 의미를 도저히 읽어 낼 수가 없다. 배 속에 든 창자처럼 단순한 형태의 미로지만, 출구를 찾는 사이 흡수돼 버리고 만다. 목적도 의미도 없는 커다란 함정.

무슨 상관인가? 어차피 나는 이 무대 위에 있을 텐데.

그래. 난 또 할 거다.

이 괴담 속, 거짓 속 거짓에 걸려들어 내가 사라질 때까지. 이 미로 속을 헤매다 흡수될 때까지. 질투는 끝이 없으니까.

두 번째 아이가 사라진다.

거짓말.

애초부터 모든 게 추측에 불과했다. 프리즘처럼 던져진 한 문장의 괴담이 있었을 뿐.

늘 사라지는 건 두 번째 아이. 남는 건 첫 번째 아이. 지연은 언제나 남았다. 하지만 지연은 한 번도 첫 번째 아이가 될 수 없었다. 두 번째 아이가 눈앞에서 사라져 가는 그 순간조차도 지연은 자신이 첫 번째 아이라는 것을 확신할 수 없었다. 그래서 언제나 두 번째 아이였다.

—두 번째 아이가 사라진다.

어쩌면 이 괴담 자체가 위험할 정도로 끝이 없는 거짓말인지도 모른다. 우리는 모두 두 번째 아이니까. 사라지는 것도 남는 것도 모두 두 번째 아이.

남은 우리 역시 언젠가는 사라질지도 모른다. 지금 남아 있는 건 그저 먹잇감을 끌어오는 미끼로서의 역할이 남아 있어서일 뿐.

연지가 묻는다.

"첫 번째가 되고 싶다는 거, 나쁜 걸까?"

"어쩌면."

"사는 거 쉽지 않다."

"그러게."

나이에 어울리지 않는 연지의 말에, 지연은 웃지도 않고 수긍한다.

어둡게 가라앉은 연지를 향해 지연이 묻는다.

"배고프지 않아?"

"조금."

둘은 끊어질 듯 끊어지지 않는 대화처럼, 주춤거리며 분식집으로 향한다. 앞서 가던 지연이 분식집 문을 열다 말고 연지를 돌아본다.

"조심해. 괴담이란 건 계속 변하는 법이니까."

괴담_ 두 번째 아이는 사라진다

ⓒ 방미진 2012

1판 1쇄 2012년 7월 16일 | 1판 5쇄 2021년 10월 11일
지은이 방미진 | 책임편집 원선화 | 편집 홍지희 이복희 | 디자인 이은하
마케팅 정민호 박보람 김수현 | 홍보 김희숙 함유지 김현지 이소정 이미희
제작 강신은 김동욱 임현식 | 제작처 한영문화사
펴낸곳 (주)문학동네 | 펴낸이 염현숙
출판등록 1993년 10월 22일 제406-2003-000045호
주소 10881 경기도 파주시 회동길 210
전자우편 kids@munhak.com | 홈페이지 www.munhak.com
카페 cafe.naver.com/mhdn | 북클럽 bookclubmunhak.com
트위터 @kidsmunhak | 인스타그램 @kidsmunhak
대표전화 (031)955-8888 | 팩스 (031)955-8855
문의전화 (031)955-8895(마케팅) (02)3144-3238(편집)
ISBN 978-89-546-1876-2 03810

잘못된 책은 구입하신 서점에서 교환해 드립니다. 기타 교환 문의: (031)955-2661, 3580